李端棻诗歌校注

徐万洁　赵平略　周术槐　黄洪志　校注

图书在版编目（CIP）数据

李端棻诗歌校注/ 徐万洁等校注. --成都：西南交通大学出版社，2023.9

ISBN 978-7-5643-9528-5

Ⅰ. ①李… Ⅱ. ①徐… Ⅲ. ①古典诗歌－诗集－中国－清代 Ⅳ. ①I222.749

中国国家版本馆 CIP 数据核字（2023）第 198875 号

Li Duanfen Shige Jiaozhu

李端棻诗歌校注

徐万洁　赵平略　周术槐　黄洪志　**校注**

责任编辑　郑丽娟
助理编辑　李奕青
封面设计　原谋书装

出版发行　西南交通大学出版社
（四川省成都市金牛区二环路北一段 111 号
西南交通大学创新大厦 21 楼）
邮政编码　610031
发行部电话　028-87600564　028-87600533
网址　http://www.xnjdcbs.com
印刷　四川森林印务有限责任公司

成品尺寸　170 mm × 230 mm
印张　7.25
字数　65 千
版次　2023 年 9 月第 1 版
印次　2023 年 9 月第 1 次
定价　50.00 元
书号　ISBN 978-7-5643-9528-5

前言

李端棻先生，字苾园，贵州贵筑（现贵州贵阳）人，生于清道光十三年（1833），卒于光绪三十三年（1907）。同治二年（1863）进士，先后任翰林院编修、云南学政、监察御史、刑部侍郎、工部侍郎和仓场总督等职，光绪二十四年（1898）任礼部尚书。戊戌变法失败后，因曾推荐康有为、梁启超等维新人士，被遣戍新疆。光绪二十七年（1901），遇赦回贵阳。光绪三十三年（1907）去世。

光绪二十二年（1896），端棻先生上《请推广学校折》，“这个建议为朝廷所接受，并作为政府的政策加以颁行，在响应这一政策的过程中，据说全国许多地区的旧式书院已按建议作了改变，对于新开办学堂的工作也做出了重大的努力。这样，在1896年到1898年的两年工作中，教育改革之风席卷全国，最后体现在百日维新期间修改考试制度和建立全国的学校体系的全面努力中”①。端棻先生1901年回到贵阳后，曾担任贵州经世学堂讲席，传播西方新学，并

① 费正清：《剑桥中国晚清史》（下），北京：中国社会科学出版社，1985年，第383页。

写下《普通学说》，帮助大家学习西方新学。他还与士绅一起创办了贵阳公立师范学堂和贵州通省公立中学堂。贵阳公立师范学校是贵阳市师范学校的前身，现已合并到贵阳学院。贵州通省公立中学堂则是贵阳一中的前身。端棻先生是中国近代教育改革的倡导者之一，他为贵州教育的发展做出了巨大的贡献，他热心家乡教育事业、关心家乡的发展、为家乡兢兢业业培养人才的无私奉献精神，是贵州学子学习的典范。

因为目睹了晚清中国积贫积弱的现实，端棻先生还致力于中国的政治改革，他先后举荐了康有为、梁启超等维新人物，为维新事业奔走呼号，出谋划策。因此端棻先生其实也是中国近代政治改革的先驱者之一。

为纪念端棻先生在中国历史、贵州历史上的贡献，鼓励学生学习端棻先生的奉献精神，贵阳学院成立了李端棻研究院，院长周术槐先生是我的好朋友，是一个非常热情且有很强事业心的人，他多次邀约我为李端棻研究做点什么事情。盛情难却，恰逢甲秀翠微小学教师徐万洁居家有闲，就由她先做了一个初稿，再由万洁与我、术槐兄、硕士生黄洪志同学一起讨论修改。

由于没有找到更多的资料，底本是由贵阳市志编纂委员会办公室编纂、贵州教育出版社出版的《贵阳五家诗钞》，参考了张周全主编、中央民族大学出版社出版的《李端棻研究资料汇编》，中共南明区委宣传部编印的《苾园诗存》。《贵阳五家诗钞》首家选的即是《苾园诗存》，有何麟书先生的序。何麟书先生是端菜先生舅舅的儿子，生于 1880 年，贵州贵阳人，光绪癸卯科（1903）举人，曾经商和任教职，后担任过贵州政务厅长等职，1920 年，贵州军人卢焘等人发动政变，何麟书出逃云南，后主要居住在云南，1943 年去世。

愿端菜先生的事迹永远留存学子之心。

愿端菜先生的精神永远激励学子之行。

赵平略于贵阳渔龙半湾

2023 年 7 月

李苾园先生遗诗序

何麟书

苾园先生，余长姑之子也。幼孤，依母以居，尝从先中宪湘雪公受业，学为诗古文。性至孝，家无儋石[①]，自甘藜藿[②]；而日必竭蹶备甘旨以奉母[③]，先公亟称其贤[④]。时吾家亦中落，先生以舌耕自给[⑤]，间分馆谷周继之[⑥]。咸丰庚申，先公成进士，改庶常[⑦]，旋散馆为四川知县[⑧]。越二年，先生亦乡会联捷入词林[⑨]，为京曹[⑩]。南北万

---

① 儋石（dànshí）：计量谷物的单位，借指少量米粟。
② 藜藿（líhuò）：指粗劣的饭菜。
③ 竭蹶（jiéjué）：原指走路艰难，这里指尽力。
④ 亟（qì）：屡次。
⑤ 舌耕：旧时称以授徒讲学谋生。
⑥ 馆谷：指塾师的酬金。
⑦ 庶常：清朝以之作为庶吉士的代称。庶吉士是官名，始于明洪武十八年，让进士观政于诸司，练习办事。
⑧ 散馆：散馆是明清时期的一种特殊制度。明清时期的贡士，经过皇帝亲自主持的殿试考中进士后，除一甲三名立即被授予修撰、编修之外，其余新科进士则被选为庶吉士入馆学习，由皇帝特派的翰林院学士负责教习，以三年为期，学习期满后，成绩优良者留馆，原来的二甲进士授予编修之职，三甲进士授予检讨之职；次者担任各部主事或到地方上担任知县。
⑨ 联捷：谓科举考试中两科或三科接连及第。
⑩ 京曹：清朝称朝廷各部衙门司官以下的属官。

里，迄于先公之殁[1]，阅二十有六年，甥舅乃不复一相见，亦可悲已。光绪辛丑，先生赐环回里[2]，书与先生无三日不见，见辄娓娓谈往事[3]，或竟日不休。尝曰[4]：“吾一生为人之道，得之吾叔；为学之道，得之吾舅。”追怀畴昔[5]，欷歔若不自胜[6]。其时，先生年已七十矣。生平喜为诗，心有所触，一一托之吟咏。当其下笔，直抒胸臆，无所缘饰雕缋[7]。及其既成，精光锐气，似经千锤百炼而出。盖性情真挚，蕴蓄宏厚，非肖声袭貌者可伪为也。晚岁家居，感怆身世，慨念时艰，居常悒悒[8]，日唯以诗自遣。顾不自珍惜，往往随手散佚；其家人又不知收弃，以故存者绝鲜。辛壬之交，书时在左右，每一脱稿，或口述旧作，辄笔录存之。癸卯，书偕计北上。次年，先生入鄂，其间睽离者经年[9]。自后书执教鞭，日鲜暇晷[10]，晤对渐稀[11]。又未几，而先生逝矣。

数年抄集，仅得诗百余首。贵州文献征辑馆搜求先生著述，久

---

① 殁（mò）：寿终、死亡。

② 赐环：亦作“赐圜”。旧时放逐之臣，遇赦召还谓“赐环”。

③ 辄（zhé）：立即，就。

④ 尝：曾经。

⑤ 畴（chóu）昔：往日，从前。

⑥ 欷歔（xīxū）：意思是叹息声，抽咽声，也作“歔欷”“唏嘘”，这里指感慨、叹息。

⑦ 缘饰（yuánshì）：镶边的饰品，修饰。雕缋（diāo huì）：雕刻绘饰，喻工巧华美的辞藻。缋，通“绘”。

⑧ 悒悒（yìyì）：忧愁郁闷的样子。

⑨ 睽离（kuílí）：分离；离散。

⑩ 暇晷（xiáguǐ）：意思是指空闲的时日。

⑪ 晤对：会面交谈。

无所得，远道寓书，就询于余。余喜先生之诗得以传世，不至终秘也，为录副本应之。综先生生平之作，今兹所存，百不逮一。然吉光片羽，藉以窥先生襟袍，使后生小子知所取法，岂不与夏卣商彝同其宝重耶！[①]

民国第一丁丑（1937）春二月，时侨寓昆明

---

① 夏卣（yǒu）商彝：夏商时期的器具，都是珍贵的文物，这里借指李端棻的诗歌很珍贵。卣，古代盛酒的器具，口小腹大。彝：古代盛酒的器具。

目录

注：①②③④⑤因题目过长，截取部分为目录，详见正文。

戊戌十二月朔日寄九弟秦州[1]

我本伤心人，迭遭伤心事。

垂老遭愈奇，一朝成□□[2]。

往事诚已矣，来者略须计。

但举一二端，其余皆琐碎。

臣罪原当诛，扪心岂容避[3]。

所赖圣恩宽，祖宗余荫庇。

以此两卜之，或可返南旆[4]。

彼时贱归来，合家欢无暨[5]。

---

① 戊戌：即 1898 年，这一年的 6 月 11 日，光绪接受康有为等人的变法主张，颁布“明定国是”诏，宣布变法自强。9 月 21 日，慈禧幽禁光绪。又捕杀谭嗣同等“戊戌六君子”，通缉康有为、梁启超等人，变法失败。李端棻亦被流放新疆。这首诗即是李端棻在流放途中写给其九弟的诗。朔日：农历每月初一日。秦州：秦置，雍正时改为直隶州，辖境相当于今天水市、秦安、清水、两当、西河、礼县、徽县、成县等地。

② 垂老：将近老年。

③ 臣罪原当诛：李端棻认为自己本该杀头，因为康有为等曾试图诛杀荣禄，逼迫慈禧退位，这在当时看来，是谋反的行为。扪（mén）心：摸胸口，表示反省自己。

④ 两：指圣恩宽厚与祖宗余荫。两卜之：即从圣恩宽厚与祖宗有余荫这两个方面推测。旆（pèi）：本指旌旗，此处仅指行路的方向。南旆，即南行。这里指得到赦免。

⑤ 暨：此处意为“息”。欢无暨，即快乐没有休止的时候。

非能学二疏，知足避荣位[①]。

但愿学温公，徒步归洛市[②]。

苦事与愿违，异方久羁滞[③]。

神明日以衰，精力日以悴。

零丁几弱息，行止将谁恃[④]。

我命犯孤鸾，一家仅三四[⑤]。

致彼啼饥寒，飘零绝域地。

昂昂七尺躯，俯仰真怍愧[⑥]。

更有关怀者，待了向平志[⑦]。

---

① 二疏：汉朝的疏广与疏受，东海兰陵（今山东苍山西南）人，疏广博学，汉宣帝时，任太子太傅。其侄疏受任太子少傅。在任五年，都称病还乡。被认为是功成身退，善于保全自己的典型。

② 温公：指司马光，司马光去世后，被追封为温国公。王安石实行新政时，司马光坚决反对，认为祖宗之法不可变。皇帝任命他为枢密副使，司马光坚辞不就，于熙宁三年出知永兴军，次年退居洛阳，编撰《资治通鉴》。

③ 羁（jī）：停留。

④ 零丁：同“伶仃”，瘦弱。弱息：幼弱的子女。

⑤ 孤鸾：孤单的鸾鸟，比喻失去配偶或没有配偶的人。

⑥ 怍（zuò）愧：惭愧。

⑦ 向平志：即完成子女婚嫁之事。东汉向长字子平，隐居不仕，待子女婚嫁既毕，遂漫游五岳名山，后不知所终。

光阴驶若飞，眨眼庚子岁。

蜀地远哉遥，婚娶非容易。

只此撄我心，思之时陨涕[1]。

如何筹两全，特以告群季[2]。

言尽意无穷，聊当音书寄。

① 撄（yīng）：扰乱。

② 群季：诸弟。

寓甘州示诸弟[①]

传说边城极阻艰，轻裘忽近玉门关[②]。

远行经岁都忘倦，老去能生幸得闲。

始识雷霆皆雨露，要乘风雪看天山[③]。

寄言群季休惆怅，得酒依然便解颜。

---

① 甘州：西魏废帝三年，改西凉州为甘州，治永平（今甘肃张掖市），辖今嘉峪关市以东弱水上游，其地后曾先后属吐蕃、回鹘、西夏，清雍正时改为府。

② 玉门关：汉武帝置，因西域输入玉石取道于此而得名。故址即今甘肃敦煌市西北小方盘城，是联系西域各地的交通门户。

③ 雷霆皆雨露：意谓自己被流放，虽然是朝廷的雷霆之怒，但留自己的一条命，也是朝廷的雨露之恩。

和文信国乩诗①

怕听中秋月有声，要从菜市哭忠贞②。

幸予被遣为迁客，匹马秋风出帝城③。

数载饱看葱岭雪，一鞭归踏陇头云④。

多情亦有王炎午，强拟予为信国文⑤。

---

① 和（hè）：依照别人诗词的题材和体裁作诗词。文信国：指文天祥，文天祥曾被封为信国公。乩（jī）：旧时人们求神降示的一种方法。由两人扶一丁字木架，下面放沙盘，谓神降时执木架划字，能为人决疑治病，预示吉凶。通称扶乩或扶鸾。乩诗，即扶乩时所得的诗。

② 菜市：北京地名，旧时曾为行刑之处，故因以指代刑场。慈禧捕杀谭嗣同、林旭、杨锐、刘光第、杨深秀、康广仁六君子。

③ 迁客：指遭贬斥放逐之人。何麟书在此诗后有注："六君子被难为八月中旬，先生亦以是时迁谪出都。"

④ 葱岭：古山脉名，北起南天山、西天山，往南绵亘，包括帕米尔高原、西昆仑山、喀喇昆仑山和兴都库什山，是古时中国西部界山。陇：山名，绵延于甘肃、陕西交界的地方。

⑤ 王炎午（1252—1324）：本名王应梅，号鼎翁，又号梅边，安福舟湖（今江西省吉安市洲湖镇汶源村）人，南宋至元朝时期人。跟随文天祥起兵勤王，文天祥就义，撰文祭奠。端棻先生在戍所，京中讹言被赐死，一些门人即设位遥祭。这里，用王炎午指遥祭自己的门人。何麟书在此诗后有注："先生在戍所，京中讹言有密为赐帛，门人某某等设位遥祭，为文以哭之，故云。"

己亥秋[1]，负弩西来[2]，道经觻得[3]，假居试院养疴[4]。明年春，序康移宰斯邑[5]，适馆授餐[6]，久而弥笃。方幸尘语常亲，忽焉骊歌遽唱[7]。别绪黯然，不能自已[8]。爰成一律，用达感激之私，兼识一时鸿爪[9]

识荆虽晚得因亲，慰我飘蓬泛梗身[10]。

两次天恩容病假，一年地主倍情真。

夙钦友夏诗归定，今见箫咸政绩新[11]。

不独士民歌众母，春风嘘到谪居人。

---

① 己亥：原文作“乙亥”，显误，应是己亥，即 1899 年，李端棻先生被贬的第二年。

② 负弩：谓背负弓箭，开路先行。为古代迎接贵宾之礼。端棻先生此时是遭贬，负弩当是谐语。

③ 觻（lù）得：古县名，在今甘肃省张掖西北，自汉至魏为张掖治所。

④ 假居：借居，借住。疴（kē）：病。

⑤ 宰：作地方长官。

⑥ 适馆授餐：到试院请自己吃饭。

⑦ 骊歌：告别的歌。

⑧ 不能自已：意谓控制不住别离的感情。

⑨ 识（zhì）：记。鸿爪：比喻往事留下的痕迹。何麟书在此诗后有注：“戊申于贵阳市中澡团扇，上书此诗。盖先生留张掖时为县令某君所书，不知何以辗转留黔中，亦一缘也。以拘于书扇款式，故题字较多。”

⑩ 飘蓬泛梗：意谓自己如随风飘浮的蓬草，如随波浮沉的小树枝。

⑪ 夙：平素。友夏：明朝诗人谭元春的字。《诗归》：明代诗人钟惺和谭元春合编的从古逸诗至唐诗的诗歌选集。箫咸：即萧咸，字仲君，东海兰陵（今山东苍山）人，曾任张掖等地太守，所到之处都有政绩。

在甘州病余自遣

西望轮台万里长，休将白首成遐荒①。
此日转觉逍遥甚，自问何曾险阻尝。
老去心情无冷暖，闲中岁月是羲皇②。
近来渐少还家梦，识破迷途即故乡。

① 轮台：古地名，在今新疆轮台东南。遐（xiá）荒：边远荒僻的地方。
② 羲（xī）皇：伏羲氏，古人谓羲皇时期的人无忧无虑，生活闲适。

答甘郡诸茂才①

锁闱幽邃许停车，为养沉疴得渐除②。

罗雀门多佳客至，集鳣堂近圣人居③。

眷言芹采皆同类，何幸樗材不弃予④。

住久还愁增别绪，东西揽辔总踟蹰⑤。

---

① 甘郡：即甘州。茂才：即秀才，后汉时为避光武帝刘秀名讳，改秀才为茂才。后相沿作秀才的别称。

② 锁闱：即锁院。科举考试时，考生进入考场后，即封锁院门，以防作弊。因以锁院指科举考试或考场。这句是说自己本来是流放新疆，但在甘州生病，得以住在甘州试院养病。

③ 罗雀：形容门庭寂寞和冷落。鳣堂：指讲学之所。

④ 眷言：回顾。樗（chū）材：喻无用之材，多为谦词。

⑤ 揽辔（lǎnpèi）：挽住马缰。东西揽辔，谓不知往何处走。踟蹰（chíchú）：徘徊不前的样子。

元旦试笔

催梭日月走双丸，爆竹声中岁又阑[1]。

转眼一年仍作客，赧颜众口尚称官[2]。

也呼仆辈通虚谒，强与家人觅醉欢[3]。

马齿渐增何所望，但期努力自加餐[4]。

---

① 双丸：即日月。日月走双丸，意谓日月如飞快转动的两个弹丸。阑（lán）：将尽。

② 赧（nǎn）颜：因羞愧而脸红。这句意谓自己在甘州又待了一年，感到脸红的是人们还以官职称呼自己。

③ 通虚谒：谓本无客人来访，但有意让仆人作出有客来访的通报。

④ 马齿：马齿随年龄而添换，看马齿可知马的年龄，因以马齿作为自称年龄的谦词。

感怀

无谓功名弃亦难，无多岁月忍抛残。

人言老景如尝蔗，我误庸医说梦兰①。

卧病何人为料药，妨衰自己劝加餐②。

置身本在清华地，拚作凄凉旅馆看③。

① 老景：谓晚年。我误庸医：“庸医误我”的倒装。梦兰：谓妇人怀孕，亦喻受恩宠。

② 妨：当为“防”。

③ 清华地：李端棻原在翰林院任职，翰林院被称为清贵的官职。

久病转剧，书以自嘲兼自慰

自夏徂秋住病乡，无缘更觅养身方[1]。
诚哉五福不言贵，耋矣一生空自忙[2]。
周泽清斋非厌肉，渊明嗜饮久停觞[3]。
且将世故全抛却，领取闲中趣味长。

腐败文章羞袭旧，浇漓世俗怕趋新[4]。
耐烦才是真消遣，苦恼须知有夙因[5]。
最忌众中露芒角，要从衰后见精神[6]。
恶魔从此休来觑，正气团成不老身。

---

① 徂（cú）：往，到。
② 五福：《书·洪范》：“五福：一曰寿，二曰富，三曰康宁，四曰攸好德，五曰考终命。”桓谭《新论》：“五福：寿、富、贵、安乐、子孙众多。”耋（dié）：泛指老年。
③ 这句是说：像周泽一样吃素食并非不喜欢肉，虽然像陶渊明一样喜欢酒，但已经很久没喝酒了。周泽，后汉时任太常，严格遵守斋戒规定。清斋：谓吃素食。
④ 浇漓：风俗不朴素敦厚。
⑤ 夙因：前世的根源。
⑥ 芒角：棱角，指人的锋芒或锐气。

乡心岁岁忆鲈莼，今得还乡愿已伸[1]。

老爱旧亲谈往事，病如处女避生人。

忧谗屈子萧骚意，僵卧袁安困顿身[2]。

同类嗤予中尚热，招来闲事太无因[3]。

---

① 鲈莼（lúchún）：鲈鱼与莼菜。南朝宋刘义庆《世说新语》载，晋张翰在洛阳做官，见秋风起而思家乡吴中的鲈鱼与莼菜，因而辞官归乡。比喻怀念故乡的心情

② 萧骚：萧条凄凉。屈原因谗言被流放。袁安，东汉人，此处用“袁安高卧”之典，指身处困穷但仍坚守节操。

③ 嗤（chī）：嗤笑，讥笑。中尚热：心中还有热情。

感时

小恙宁占噬嗑凶，略施调剂便全功[①]。
岂期酝酿痈成患，竟入膏肓药费攻[②]。
和缓难求来晋地，参苓况未备梁公[③]。
恫瘝在抱君知否，忍见疮痍满眼中[④]。

自家病尚不知除，精骨衰残脑气枯。
昨夜安排将补救，今朝思想竟模糊。
胸中那有活人术，掌上空擎记事珠[⑤]。
笑尔庸医庸带巧，苍生瘠甚尔偏腴[⑥]。

---

① 噬嗑（shìhé）:《易》卦名，六十四卦之一，震下离上，卦词为：“亨，利用狱。”

② 膏肓（gāohuāng）：古代医学以心尖脂肪为膏，心脏与隔膜之间为肓。《左传·成公十年》：“疾不可为也，在肓之上，膏之下，攻之不可，达之不及，药不至焉，不可为也。”

③ 参苓（shēnlíng）：人参和茯苓，有滋补和健身的作用。

④ 恫瘝（tōngguān）在抱：把人民的疾苦放在心上。

⑤ 记事珠：能帮助记忆的珠子。据载，唐张说当宰相时，有人送他一颗珠子，名记事珠，如有遗忘之事，用手把玩此珠，就会觉得心神开悟，大小事情都会想得起来。

⑥ 苍生瘠甚尔偏腴：老百姓很瘦你却养得很肥。

醉余吟[①]

彭泽辞官日，田园慨将芜[②]。

我今赋归来，将芜田园无。

慧不辨菽麦，贫不事耕畬[③]。

闭户愧然坐，酸咸与世殊。

将寻家庭欢，母兮长弃予。

将慰寂寞情，凤兮兼抱雏。

将作出岫云，懒极安所趋[④]。

将作在山泉，清极孰与俱？

俯仰无一可，此生胡为乎？

不如杯在手，且集高阳徒[⑤]。

---

① 何麟书注此诗谓："此诗先生自述谓是旧稿，以是考之，当系光绪丙子(1876)、丁丑（1877）间，丁忧旋里后所作。"

②"彭泽"句：陶渊明任彭泽县令时辞职，作《归去来兮辞》，文中开篇道："归去来兮，田园将芜胡不归！"

③ 菽（shū）麦：豆与麦。菽，豆类的总称。畬（shē）：焚烧田地里的草木，用草木灰做肥料的耕作方法。

④ 岫（xiù）：山洞。

⑤ 高阳徒：即高阳酒徒。《史记·郦生陆贾列传》："初，沛公引兵过陈留，郦生踵军门上谒……使者出谢曰：'沛公敬谢先生，方以天下为事，未暇见儒人也。'郦生瞋目案剑叱使者曰：'走！复入言沛公，吾高阳酒徒也，非儒人也。'"后用以指嗜酒而放荡不羁的人。

豪饮如长鲸，一吸川为枯[①]。

飘飘流光驶，不醉真乃愚。

醉后仰天笑，长歌呼呜呜。

我歌非歌聊带哭，我劝世人休揶揄[②]。

世人皆醉我独醒，迂哉三闾之大夫[③]。

世人皆醒我独醉，此心乃得常糊涂。

不然炯炯撑双目，安得同流而合污[④]。

---

① “豪饮”句：杜甫《饮中八仙歌》：“饮如长鲸吸百川，衔杯乐圣称世贤。”

② 揶揄（yéyú）：嘲笑，讥笑。

③ “世人”句：屈原曾任三闾大夫之职。《渔父》：“屈原既放，游于江潭，行吟泽畔。颜色憔悴，形容枯槁。渔父见而问之曰：‘子非三闾大夫与？何故至于斯？’屈原曰：‘举世皆浊我独清，众人皆醉我独醒。是以见放。’”

④ 炯炯（jiǒngjiǒng）：形容目光明亮。这句意谓，如果双眼炯炯有神，什么都看得清，就无法装糊涂了。

咏梅

繁华历尽世知稀，清节归来悟昨非①。
休道玉颜萧索甚，愿经霜雪更增辉②。

素服轻盈浅淡妆，对月如开玉照堂③。
艳歌莫唱红罗曲，不及罗浮梦亦香④。

① 繁华历尽：曾经经历鼎盛繁华，而今没落衰败。
② 玉颜：形容美丽的容貌。萧索：冷落衰颓的样子。增辉：增添光辉。
③ 玉照堂：宋张镃堂名。以其堂周围皆种梅，皎洁辉映，夜如对月，因名。
④ 艳歌：情歌，恋歌。罗浮梦：指赵师雄与梅花仙女相遇处，后用以咏梅。

静中偶成

数载浮踪鲜定居，今朝得止胜丘隅①。

不闻边塞无稽语，喜读生平未见书②。

仆辈千呼聊复尔，亲朋一饭莫招余③。

思量往事真优孟，坐看浮云幻太虚④。

---

① 浮踪：踪迹不定。鲜：很少。止：停留，逗留。丘隅：山丘的曲深僻静处。
② 无稽语：未经查考的语言。
③ 聊复尔：姑且如此而已。
④ 思量：思索，想念。优孟：春秋时楚国著名优人，此处意谓自己以前的生活就如优孟一样。幻：空虚的，不真实的。太虚：空虚寂寞的境界。

瓶花

瓷瓶何日插鲜花，为别生机到病家。

只惜篱边新种菊，连朝冒雨损芳华[1]。

① 芳华：茂美，也比喻美好的年华。

菊山

好山多被雉垣遮，欲去寻花路转遐[1]。

把菊叠成山意思，看山不厌又看花。

况复采菊东篱下，南山陶句悠然写[2]。

是山是菊且勾留，莫谓菊真山是假[3]。

① 雉垣：雉，古代城墙长三丈高一丈叫一雉。垣：城墙。遐：远。
② 况复：彷佛，好像。陶渊明《饮酒》："采菊东篱下，悠然见南山。"
③ 勾留：逗留，停留。

请托者多，作此以谢之

冷淡情怀世不知，妄将俗事强人为[1]。
极峰无赖非亲故，巧宦何须要护持[2]。
干木逾垣思远避，曹丘推毂竟何辞[3]。
吾安吾分吾心得，见好还妨物议滋[4]。

---

① 妄：胡乱，荒诞不合理。

② 极峰：最高领导。无赖：无可奈何。巧宦：善于钻营谄媚的官吏。何须：哪里需要。护持：保护支持。

③ 干木逾垣思远避：干木指周朝魏国的段干木。干木逾垣指段干木品行高尚，不肯做官。有一次，魏文侯要去见他，已经走进门来了，段干木跳过墙逃走了。后用以称誉不愿在乱世做官的人。曹丘：汉代曹丘生到处赞扬季布的英勇，使季布享有盛名，故后作为荐引、称扬者的代称。推毂：荐举，援引。

④ 安：对现状感到满足合适。分：本分。心得：心中领会而有所得。物议：众人的议论，在此指非议。

自喜

葸疲意态转腾轩，更喜药能投病源[1]。

筋力虽孱休过惜，精神愈用自还元[2]。

惰骄最碍资生计，勤苦方为治事根。

谨守此心无放逸，免教末路溃篱藩[3]。

---

① 葸（xǐ）：小心谨慎，畏惧的样子。疲：表示身体劳累的感觉。意态：神情姿态。腾轩：腾跃高举，飞黄腾达。

② 筋力：体力。孱（chán）：孱弱，瘦弱。休：不要。还元：恢复、滋养元气。

③ 放逸：放纵逸乐。末路：老年、晚年。溃：冲破。篱藩：篱笆，引申为防卫。

杞忧

休道成人受苦辛，多财即现宰官身[①]。
白身市侩皆朝士，黄口婴儿亦荐绅[②]。
但以苞苴权子母，那知恩泽被人民[③]。
滔滔天下皆如此，无怪要求遍铁轮[④]。

莽莽喧传重外交，庸庸惟解忌同胞[⑤]。
行人择路皆循辙，暴客乘机要代庖[⑥]。
冲突从来无善果，平和未见长新苗。
时代至今成黑暗，昏昏点漆更粘胶[⑦]。

---

① 休道：不要说。宰官身：古代官吏的通称。
② 白身：无功名无官职的人。市侩：旧指街坊中的小市民。朝士：泛指中央官员。黄口：本指雏鸟的嘴，借指儿童。荐绅：指有官职或做过官的人。
③ 苞苴（bāojū）：指贿赂。权子母：意思是谓国家铸钱，以重币为母，轻币为子。后遂称以资本经营或借贷生息为“权子母”。被：遍及。此句意谓只想着以贿赂发财，哪里想着为人民造福。
④ 滔滔天下皆如此：滔滔：大水漫流的样子。春秋时桀溺有“滔滔者天下皆是”语，谓像洪水一样的坏东西到处都有。后世用作咏叹时弊的典故。铁轮：铁铸的车轮。佛教传说地狱中挤压恶鬼的刑具。
⑤ 莽莽：渺无边际的样子。喧传：盛传。庸庸：昏庸，平庸。
⑥ 暴客：指强盗。乘机：利用机会。代庖：比喻代做他人分内的事。
⑦ 昏昏：昏暗貌。点漆：乌黑发亮的样子。

酬应稍繁，作此自遣

不是王臣蹇蹇躬，聊居无计养疏慵[1]。
自嗤闲极偏忙极，真把乐中当苦中。
病莫能兴非选客，老当益壮竟成翁[2]。
道予意气无人信，冷淡篱边剩菊丛。

① 蹇蹇（jiǎnjiǎn）：忠直貌，蹇，通“謇”。《易·蹇》：“六二，王臣蹇蹇，匪躬之故。”高亨注：“言王臣蹇蹇忠告直谏者，非其身之事，乃君国之事也。”慵：懒惰。

② 兴：起，这里指起身。老当益壮：年纪虽老而志气更旺盛，干劲更足。

畏寒

秋色清华秋气鲜，捣衣时节未装棉[1]。
人犹拂扇千珠汗，我独披裘九月天。
惭对晚花撑瘦骨，怕题新稿耸寒肩[2]。
可知百病由中热，一服清凉已熟煎[3]。

① 清华：形容景物秀丽。秋气：秋天萧索的气息或气势。捣衣时节：古代秋凉时，妇女为亲人赶冬衣而捣衣。
② 瘦骨：指瘦弱的身躯。
③ 中热：内热。

有感

七十犹如此，百年将奈何。

觚棱空想像，日月已蹉跎[1]。

伏枥惊残岁，攀鞍愧伏波[2]。

四方多猛士，定可挽天河[3]。

① 觚棱（gūléng）：宫阙上转角处的瓦脊成方角棱瓣之形，借指宫殿和京城。蹉跎：光阴白白过去。

② 伏枥：三国魏曹操《步出夏门行》："老骥伏枥，志在千里；烈士暮年，壮心不已。"后用为壮志未酬，蛰居待时的典故。在此比喻退藏无所作为的人。残岁：余年。攀鞍：又称扳鞍，攀，蹬；鞍者，马鞍也；故攀鞍乃蹬马启程之意。古时，多言将领出征策马扬鞭，征战沙场。又指文人大魁天下，夸官游街，走马上任。伏波：为汉代将军名号，西汉路博德、东汉马援都曾被授伏波将军。

③ 猛士：在此指支持维新的志士。定可挽天河：天河指银河，唐代杜甫《洗兵马》诗："安得壮士挽天河，净洗甲兵长不用。"常化用此句咏却敌安邦。

学术思想

早知素习尽虚空，志积维新日有功[①]。

目的胡为犹惝恍，心思毋乃欠昭融[②]。

素王学术无今古，黄种灵明胜白棕[③]。

宗旨看真须取法，何妨时势造英雄。

---

① 素习：指以往所学的知识。虚空：空虚，空洞无用。

② 胡为：为什么。惝恍（chǎnghuǎng）：模糊不清，恍惚。昭融：光大发扬。

③ 素王：指孔子。灵明：通灵明敏。

政治思想

天地区分五大洲，一人岂得制全球。

国家公产非私产，政策群谋胜独谋。

君为安民方有事，臣因佐治始宣流①。

同胞若识平权义，高枕无忧乐自由②。

---

① 佐治：辅佐治理。宣流：宣扬，宣传。

② 高枕无忧：安卧闲适而无忧虑。

应经世学堂聘

帖括词章误此生，敢膺重币领群英[1]。

时贤心折谈何易，山长头衔恐是名[2]。

糟粕陈编奚补救，萌芽新政要推行[3]。

暮年乍拥皋比位，起点如何定课程[4]。

---

① 帖括：唐代举子把经书里难记的句子编成歌诀，以便诵读，称为“帖括”，后来通指科举的文字。词章：诗、词、曲文章等的总称。膺（yīng）：接受。

② 时贤：指当时有德才的人，此处指经世学堂的学生。山长：唐、五代时对山居讲学者的敬称，宋、元时为书院立山长，讲学兼领院务。

③ 陈编：指古籍、古书。奚：文言疑问代词，哪里。萌芽新政：在此喻设立新的课程。

④ 皋比：虎皮。古人坐虎皮讲学，后因以指讲席，在此喻教职之位。

闻谤自责①

轻信人言悔莫追，咎由自取更何辞②。

维新毕竟输仍旧，用夏原来易变夷③。

家贼难防凭压力，谤书遍布荷良规④。

不然民智开通后，团体合群熟御之。

---

① 何麟书注此诗谓："先生主讲经世学堂，以开通风气自任。定期召集诸生讲演，阐发民权自由真理，月课以培根、卢梭诸学说命题。一般学生哗以为怪。即黔中名士，其后且在京师拥讲席谈革命如某某者，当日亦著竹枝词以讥之。其时民智塞陋，可见一斑。未及期年，先生亦解馆。"

② 辞：托辞。

③ 用夏原来易变夷：用夏变夷出自《孟子·滕文公上》："吾闻用夏变夷者，未闻变于夷者。"夏，诸夏，古代中原地区周王朝所分封的各诸侯国；指以诸夏文化影响中原地区以外的僻远部族。

④ 家贼难防：家里人作贼难以防范，比喻隐藏在内部的坏人不容易防范。压力：在这里指打压的手段。谤书：诽谤人的信件或书籍。荷良规：当作有益的规谏。

闻谤再自责

亚圣当年至教垂，人之患在好为师[①]。
如何贸贸皋比拥，无怪纷纷物议滋[②]。
垢面果能甘受唾，吹毛谁忍更求疵[③]。
暮年闻过原堪喜，愿诵宾筵卫武诗[④]。

漫说文缘易结欢，结欢未得怨多端[⑤]。
下车攘臂羞冯妇，避地无心学段干[⑥]。
那有真修孚众望，惧留笑柄到旁观[⑦]。
爱人人反不予爱，漫责诸生不自宽[⑧]。

---

① 亚圣：特指孟子。元文宗时，封孟轲为邹国亚圣公；明世宗时，去其封号，只称亚圣。至教：极其高明的道理和见解。垂：传下去，传留后世。患：忧患，灾祸。好为师：不谦虚，不知求教而喜欢教人。

② 贸贸：轻率冒失，考虑不周。皋比：见《应经世学堂聘》一首注释④。物议：众人的议论，多指非议。

③ 垢面：脏面孔。唾：唾面，往人的脸上吐唾沫，表示鄙视、侮辱。吹毛求疵：比喻刻意挑剔过失或缺点。这两句诗是说自己已经是一副脏面孔了，再让人吐点唾沫也没有关系，谁会忍心再吹毛求疵呢？

④ 宾筵：《诗经》小雅中有“宾之初筵”诗，警戒饮酒失仪。卫武：《诗经·卫风·淇奥》中以翠竹比喻卫武公的君子风度和德行。

⑤ 文缘：以文章交往而结成的因缘。

⑥ 下车攘臂羞冯妇：《孟子·尽心下》：“晋人有冯妇者，善搏虎，卒为善士；则之野，有众逐虎，虎负嵎，莫之敢撄；望见冯妇，趋而迎之，冯妇攘臂下车，众皆悦之，其为士者笑之。”后称重操旧业的人为“下车冯妇”。避地：犹言避世隐居。段干：指段干木，见《请托者多，作此以谢之》一首注释③。

⑦ 真修：真心诚意的修身守道。孚众望：符合大家的期望。

⑧ 反：反而。漫责：没有限制，没有约束地责骂。诸生：众儒生。泛指在学的人。

国家思想

君不堪尊民不卑，千年压制少人知。
奴隶心肠成习惯，国家责任互相推。
峡经力士终能剖，山有愚公定可移[1]。
缅昔宣尼垂至教，当仁原不让于师[2]。

① 剖：破开。愚公：《列子·汤问》载：北山愚公，年近九十。屋前太行、王屋二山阻碍出入，他决心把山铲平。智叟认为这是不可能的事，愚公说：我死了有儿子，儿子死后有孙子，子子孙孙不绝，而山不会加高，为什么会做不到呢？因此每天挖山不止。上帝受到感动，派夸娥氏二子把山背走。

② 缅：遥想。宣尼：对孔子的尊称。当仁原不让于师：出自孔子的名言“当仁，不让于师。”在这里是为所有行仁道、为壮举、力求上进的人鼓足了底气。在仁面前，众人平等，不必谦让于师长。

水仙花

连宵寒重勒花魂，呼婢忙移就火温[1]。

向晓姬人忽惊唤，道花开满小瓷盆[2]。

---

① 就：靠近。

② 向晓：拂晓。姬：古代对妇女的美称。

红梅

铁石心肠久灭磨，清癯只会老岩阿①。
谁知又作繁华梦，点额胭脂着色多。

羞随桃李共争春，雪艳图中别有神。
只惜孤山林处士，暮年犹未脱红尘②。

① 灭磨：逐渐消失。清癯（qú）：指清瘦，一般形容有气质但比较清贫的知识分子。岩阿：石窟边侧，指隐士所居。

② 孤山：在西湖，林逋曾在此结庐。林处士：指北宋林逋。红尘：闹市的飞尘，，借指繁华的社会。

白梅

坚冰练骨雪为肤，那许尘嚣半点污[①]。
纵使玉容消瘦甚，霜花飞上转敷腴[②]。

铅膏洗却寿阳妆，对月如开玉照堂[③]。
颜色只妨霜雪炉，移来虚室更生光[④]。

---

① 尘嚣：指人世间的烦扰、喧嚣。
② 敷腴：喜悦之色。
③ 铅膏：化妆用的铅粉和油膏，用之可使肤色白皙。寿阳妆：南朝宋武帝之女寿阳公主曾卧于含章殿檐下，梅花落公主额上成五出之花，拂之不去，皇后留之，自后有梅花妆，妇女多效之，在额心描梅为饰。玉照堂：宋张镃堂名，以其堂周围皆种梅，皎洁辉映，夜如对月，因名。
④ 虚室：不特意装饰的居室。生光：增添光彩。

癸卯元旦试笔

红笺亲展快书红，语在吉祥不在工[1]。

亿万斯年天子寿，七十曰老逐臣躬[2]。

金莲玉笋声华重，墨绶朱钧禄养丰[3]。

更逐国民知爱国，文明大启亚洲东。

① 红笺：红色笺纸，多用以题写诗词或作名片等。工：细致精巧。
② 亿万斯年：形容时间极为长久。逐臣：被朝廷放逐的官吏。躬：亲自。
③ 声华：美好的名声，声誉。墨绶：结在印钮上的黑色丝带，后以“墨绶”作为县官及其职权的象征。禄养丰：优厚的俸禄。

答刘嘉予太守

和章初就汗颜红，深愧抛砖句未工[①]。

笑我空疏徒窘步，识君清白久持躬[②]。

一麾出守箕裘绍，五绔兴歌誉望丰[③]。

领郡定知多喜色，慈舆早迓汉江东[④]。

---

① 和章：酬和他人的诗章。汗颜：因羞愧而汗发于颜面，泛指惭愧。工：工整。

② 空疏：空虚浅薄。窘步：步履艰难。清白：品行纯洁，没有污点。持躬：秉持谦恭的态度。

③ 一麾出守：原指阮咸受排挤，而出为始平太守。后指京官出任地方官。箕裘绍：指能继承祖业。五绔兴歌："五绔"作为称颂地方官吏施行善政之词。誉望丰：名誉声望盛。

④ 领郡：兼任太守（低级）职务之意。喜色：欣喜的神色。舆（yú）：车。迓：迎接。

再答刘嘉予太守

须臾又吐笔花红，好语如珠一一工①。

贱子始终叨刮目，清词琢炼苦吟躬②。

载赓寿母年登耄，为悯黔黎岁祝丰③。

回忆禅房栖息夜，剪灯话到漏丁东④。

---

① 须臾：片刻。笔花红：谓才思俊逸，文笔优美。好语如珠：指诗文中警句妙语很多。

② 贱子：谦称自己。刮目：彻底改变眼光。清词：清丽的词句。琢炼：精心修饰。苦吟：反复吟咏，苦心推敲，言做诗极为认真。

③ 年登耄（mào）：年纪到了耄耋（八九十岁）。黔黎：黎民百姓。岁：一年的收成。

④ 剪灯：修剪灯芯，后常指夜谈。丁东：拟声词，形容佩玉撞击声或风铃声等。

三答

传笺剪翠又裁红，速比枚乘马比工[1]。

交善君真晏平仲，危言我鉴息夫躬[2]。

边隅宦况何妨瘠，循吏家贫例不丰[3]。

独喜归来联旧雨，相思不隔暮云东[4]。

---

① 传笺：诗经的注解。剪翠又裁红：极力修饰词藻。速比枚乘马比工：原指枚乘文章写得多，司马相如文章写得细致。工：工巧，精巧，后称赞各有长处。

② 交善：结交。晏平仲：指晏子，平仲是晏子的谥号。危言：正直的话。息夫躬：汉有息夫躬，他曾多次在哀帝前指斥公卿大臣，得罪了许多人，终于受到各方的指责而被免官。不久之后，又因受人诬告而入狱，冤死。

③ 边隅：边境。宦况：做官的境况、情味。何妨瘠：瘠薄、不肥沃没有关系。循吏：守法循理的官吏。

④ 旧雨：老朋友的代称，又叫“旧故”。暮云：傍晚的云，表示对远方友人的思念。

四答

一封书展露桃红，誉我新词字字工[①]。

那有隐耕诸葛志，徒存食粟曹交躬[②]。

佳篇持赠如联璧，雅意殷勤每设丰[③]。

料得梦中犹觅句，诗筒传到日方东[④]。

---

① 露桃：语本《乐府诗集·相和歌词三·鸡鸣》："桃生露井上，李树生桃旁。"后因用"露桃"指桃树、桃花。

② 隐耕：归隐田园。诸葛志：诸葛亮的志向。食粟曹交躬：语出《孟子·告子下》："曹交问曰：'人皆可以为尧舜，有诸？' 孟子曰：'然。' '交闻文王十尺，汤九尺，今交九尺四寸以长，食粟而已，如何则可？'"曹交的意谓是说，自己的身高在文王与汤之间，但自己只知道吃饭，完全不能和圣人相比。李端棻用这个典故表示自谦。

③ 佳篇：优美的诗文。持赠：持物赠人。联璧：双璧，并列的美玉，比喻两者可互相媲美。雅意：风雅之意。

④ 觅句：指诗人构思、寻觅诗句。诗筒：盛诗稿以便传递的竹筒。

五答

饱饫天仓法粟红，滥竽充数等齐工[①]。

为居朔漠三年地，留得冰霜百练躬[②]。

尘话常亲心迹著，鹏搏行见羽毛丰[③]。

多情果践双柑约，追陪愿上东山东[④]。

① 饱饫（yù）：吃饱。天仓法粟红：形容钱谷丰饶。滥竽充数：齐宣王用三百人吹竽，南郭先生不会吹，混在中间充数。比喻没有真正的才干，而混在行家里面充数。这亦是李端棻先生自谦。

② 朔漠：指北方沙漠地带。冰霜：操守纯洁清白。百练：多次锻炼，久经磨炼。

③ 尘话：日常生活中平常的话。鹏搏：鹏鸟奋力高飞，比喻奋发有为。

④ 双柑：借指游春，唐冯贽《云仙杂记》载："戴颙春携双柑、斗酒，人问何之，曰：'往听鹂声。此俗耳针砭，诗肠鼓吹，汝知之乎？'"东山：东晋谢安早年曾辞官隐居会稽之东山，临安、金陵亦有东山，也曾是谢安游憩之地，因以东山为典，指游憩之地。

六答

鏖战心花怒发红，居然力敌不休工[1]。

寅僚踵至犹挥翰，局务心劳要息躬[2]。

传命吟筒时往复，触机诗料倍加丰[3]。

一言戏赠君领记，再报琼琚罚作东[4]。

---

① 鏖战：激烈地战斗，竭力苦战。心花怒发：形容极其高兴。力敌：力量相当。
② 寅僚：同僚。踵至：接连而来、一个接一个的来。挥翰：挥毫，运笔书写。局务：官署的事务。
③ 传命：传达命令。触机：遇到机会。诗料：做诗的材料。
④ 琼琚：比喻美好的诗文。

七答

偶标吉语自题红，博得骚人琢句工[1]。

连日纵谈生逸趣，三年薄谴儆顽躬[2]。

军储计算如农部，刑法持平媲沈丰[3]。

犹忆翠华西幸地，朝朝紫气尚来东[4]。

① 题红：即红叶题诗。骚人：诗人。句工：形容文章的语句工整妥帖。

② 纵谈：畅所欲言。逸趣：超逸不俗的情趣。薄谴：轻微的责备或责罚。儆（jǐng）：使人警醒，不犯过错。

③ 军储：粮秣等军需物资。农部：指户部。媲：媲美，比得上。沈丰：汉明帝时零陵太守，为政慎刑重杀，爱民养化。

④ 翠华：因皇帝旗帜用鸟雀翠羽为饰，故称翠华，代指皇帝车驾。幸：帝王驾临。紫气：紫色的云气，比喻祥瑞之气。

答王眉生茂才

铸金错彩斗繁红，五色笔花各样工[①]。
书腴浸润全撑腹，学养团成独立躬[②]。
落才不假科名重，同类喧传学殖丰[③]。
志趣如斯真可畏，瞳瞳海日正升东[④]。

---

① 铸金错彩：形容诗文的词藻十分华丽。繁红：繁花。五色笔花：遂以此喻才思大进。

② 书腴（yú）：谓丰富的书籍。浸润：逐渐发生作用。学养：学识修养。

③ 科名：科举考中而取得的功名。喧传：哄传、盛传。学殖：研习学问当像农夫培殖苗木一般，勤奋不懈。

④ 志趣：志向与情趣，心意所向。可畏：令人敬畏。瞳瞳：日出时光辉灿烂的景象，象征无限光明美好的前景。

再答王眉生茂才

佳句联翩缀锦红，重重巧法自然工[1]。

目无余子诗言志，胸有群经道积躬[2]。

司马病多尘累少，沈郎腰瘦砚田丰[3]。

儒修料想兼中外，西学昌明更欲东[4]。

---

① 联翩：比喻连续不断。缀锦红：比喻美丽或美好。

② 目无余子：眼中没有旁人。群经：指儒家经典。道积躬：指人显得很有修养的样子。

③ 司马病多：《史记·司马相如列传》：“相如口吃而善著书。常有消渴疾。与卓氏婚，饶于财。其进仕宦，未尝肯与公卿国家之事，称病闲居，不慕官爵。”沈郎腰瘦：《梁书·沈约传》载：沈约与徐勉素善，遂以书陈情于勉，言己老病。“百日数旬，革带常应移孔，以手握臂，率计月小半分。以此推算，岂能支久？”后因以“沈腰”作为腰围瘦减的代称。形容人因疾病、愁闷而身形瘦削。砚田：读书人依文墨为生计，因将砚台比作田地。

④ 儒修：贤能的儒士。昌明：政治、文化方面兴旺发达。

三答

晓起推窗日未红，飞来诗句速兼工。

联交愿作忘年友，修己难宽自厚躬①。

吟罢定知胸臆畅，病余当复面容丰②。

中朝怀我无知己，馆职终虚赐陆东③。

---

① 忘年友：年龄差别大、辈分不同而交情深厚的朋友。修己：自我修养。厚躬：指重于自责。

② 胸臆：心胸，胸怀。面容丰：面貌、容貌有风度神采。

③ 中朝：朝廷中。馆职：统称唐宋于昭文馆（唐时又称弘文馆）、史馆、集贤院等处担任修撰、编校等工作的官职。此句意谓王眉生将来是朝廷的馆阁人才。

四答

游泮花才插帽红，文心诗髓已精工[①]。
论诗巨擘齐廉士，任性率情楚直躬[②]。
早岁声名甘露顶，绝伦颖秀小安丰[③]。
羡君俊少忘予老，便欲乘槎泛海东[④]。

① 游泮：明清科举时，通过州县考试录取为生员，称为“游泮”。文心诗髓：文章的精华。

② 巨擘（bò）：比喻在某方面居首位的人物。廉士：旧称有节操、不苟取的人。任性：听凭秉性行事，放纵不约束自己。直躬：以正直之道持身。

③ 声名：声望名誉。甘露：甘露寺，江苏省镇江北固山上、陕西省华县东南少华峰之西均有甘露寺。绝伦：无与伦比。颖秀：聪明秀异。

④ 乘槎（chá）：亦作“乘楂”，乘坐竹、木筏。传说天河与海通，有人居海渚者，年年八月见有浮槎去来，不失期，遂立飞阁于槎上，乘槎浮海而至天河，遇织女、牵牛。此人问此是何处，答曰：“君还至蜀郡访严君平则知之。”后至蜀，君平曰：“某年月日有客星犯牵牛宿。”正是此人至天河时。

立春日试笔

元旦书祥瞬及春，喜得吉语再敷陈[1]。

一家和悦繁昌象，百病消除自在身[2]。

内治清明昭日月，外交敦睦息风尘[3]。

群奸尽殄群贤进，复我皇权市政新[4]。

① 书祥：读书使人尊贵福气之意。敷陈：详细地叙述。
② 和悦：温和喜悦。繁昌：繁荣昌盛。
③ 内治：治理国政。清明：天下太平，政治有法度。敦睦：敦厚和睦。风尘：比喻流言蜚语。
④ 尽殄（tiǎn）：全部消灭。市：求取。

党祸

几见清流误国家，权奸颠倒是非差[1]。

狭心但解酬恩怨，盲眼何曾识正邪[2]。

戮辱逋囚无漏网，晋唐明宋有前车[3]。

汉阳渡口京都市，云散风凄日又斜。

---

① 清流：比喻品性清高的名士。权奸：弄权作恶的奸臣。

② 狭心：狭隘之心。酬恩怨：解决个人恩怨。这句意谓权奸们一心想着个人恩怨，如同眼瞎的人一样，分不清正邪。

③ 戮辱：受刑被辱。逋囚：指逃犯。前车：历史教训。

自遣

无恙归来又一年，吾庐吾爱极欣然①。
安排竹石能医俗，消受香花即是仙。
黑熟甜乡真自在，白甘皛饭胜肥鲜②。
只怜文字终遭忌，枉费精神种恶缘。

① 无恙：无疾、无忧。欣然：高兴、欢喜。
② 黑熟：熟睡。甜乡：梦境。白甘皛（xiǎo）饭：皛饭，因白米饭、白萝卜和白汤（一说“白盐”）。三者皆白，故戏称。

久晴渐雨

帘纤一阵落檐前，顷刻能将热恼捐[1]。
白点溅阶纷散雨，绿阴满地不闻蝉。
精神复健消长昼，稌麦秋丰卜大年[2]。
领略新凉疏尔梦，起看花木各争妍[3]。

① 捐：舍弃、抛弃。
② 消长昼：把漫长的白天度过去。稌（tú）：稻，粳稻。大年：丰收年。
③ 新凉：指初秋凉爽的天气。疏尔梦：秋凉好睡觉，梦已变少了。

予年七十有余始见孙，客至留饭，次日即病厌晕，感而作此

一举居然累十觞，浇余块垒润枯肠①。

不图嗜饮陶元亮，翻似长斋周太常②。

食肉恐因曹刿鄙，含饴愿已向平偿③。

醉乡趣味争浓郁，老态癫狂也不妨④。

---

① 累十觞：接连喝十杯。浇余块垒：借助酒来排遣心中的积郁。枯肠：本指空肠，空肚，亦比喻才思枯竭。

② 陶元亮：陶渊明，字元亮。翻似：倒好像。翻：副词，反而。长斋：长年吃素。周太常：东汉周泽任太常之职，掌管皇家祭祀礼仪。他生活俭朴，常年斋禁敬神，极端恭谨虔诚。

③ 曹刿：周文王第六子曹叔振铎之后，著名的军事理论家。鄙：（见识）浅陋。含饴：含饴弄孙，形容亲子之情。向平：东汉高士向长，字子平，隐居不仕，子女婚嫁既毕，遂漫游五岳名山，后不知所终。见《后汉书·逸民传·向长》。后以“向平”为子女嫁娶既毕者之典。

④ 醉乡：酒醉后精神所进入的昏沉、迷糊境界。癫狂：疯癫发狂。

闻京都学生遇害

黑气浸浸压帝畿，嘻嘻怪事是耶非[①]。
学堂未获收明效，文字翻能贾祸机[②]。
猕薙同胞曾得计，摧残国脉更何悲[③]。
党人两字真心法，一网轻投漏网稀[④]。

---

① 黑气：意思指黑暗之气遍布京都或京都及其附近地区。畿（jī）：国都附近的地区。嘻嘻：象声词，叹气声。怪事：形容不合常理，难以理解的怪事。
② 明效：明显的效果。贾（gǔ）祸：招致灾祸。
③ 猕薙（xiǎntì）：铲除，剿灭。得计：自以为计策得当。摧残国脉：残害国家的命脉。意谓学生是国家的未来。
④ 心法：重要的心得与方法。此句意谓当局习惯用“党人”做罪名，打击与自己有不同观点的人。

伤老

无事忘机养太和，有时乘兴发高歌[1]。

谨防岁月闲中过，磨炼精神病后多[2]。

纵使前途无影响，莫因垂老便蹉跎[3]。

寄言年少诸同志，似此衰残可奈何[4]。

① 忘机：指没有巧诈的心思，与世无争。太和：人的精神、元气；平和的心理状态。乘兴：趁一时高兴，兴会所至。
② 谨防：谨慎地防备。磨炼精神：锻炼人的精气。
③ 蹉跎：虚度光阴。
④ 寄言：犹寄语。可奈何：怎么办，怎么样。

购菊百余本，见者都道不佳，戏而作此

丰标休说太寻常，也有精神助晚香[1]。
傲骨棱棱谁得见，肯随时世斗新妆[2]。

乱头粗服见天真，疑是渊明醉后身[3]。
欲趁今朝花下饮，白衣送酒更无人[4]。

自家面目自家知，一任悠悠罪口嗤[5]。
色相生来原是淡，非关风雨损寒姿[6]。

比兰幽静比梅清，底事丰神太瘦生[7]。
我欲问花花不语，为花聊作不平鸣[8]。

---

① 丰标：风度，仪态。休说：不要说。寻常：很平常。

② 傲骨：高傲不屈的气骨。棱棱：比喻高傲不屈。时世：意思是指时代，世道。新妆：指女子新扮饰好的容色，这里指菊花的容色。

③ 乱头粗服：形容不修仪容服饰。天真：不受礼俗拘束的品性。渊明：晋陶渊明，酷爱菊花。

④ 白衣送酒：晋人陶渊明好酒而不能常得。某年九月九日，于宅边东篱下的菊丛中摘菊赏花，恰巧江州刺史王弘命白衣人送酒来，便一起饮酒，酒醉才归。见《宋书·卷九二·隐逸传·陶潜传》。后指内心渴望的东西，朋友即时送到，雪中得炭，遂心所愿。或借以咏菊花、饮酒等。

⑤ 嗤：讥笑。

⑥ 淡：颜色浅。非关：不是因为。寒姿：犹言鄙陋之姿，孤寒的姿色。

⑦ 底事：何事。丰神：美好的神态。瘦生：瘦弱的样子。

⑧ 聊：姑且。

恶木一株覆满庭院，暗无天日，芟去枝叶，豁然开朗，诗以纪之[1]

沉沉脉脉日无光，傍晚还生湿气凉[2]。
除却炎蒸能暂解，看花玩月总相妨[3]。

骈枝叠叶坠纷然，俯见清池仰见天[4]。
翦到根荄殊未忍，留将生意续年年[5]。

上有营巢哺子乌，卒瘏予口费勤劬[6]。
怜他风雨飘摇甚，留与一枝好护雏。

① 恶木：贱劣的树。芟去：除去。
② 沉沉：形容昏沉的样子。脉脉：接连不断的样子。日无光：太阳黯淡，没有光彩。
③ 相妨：互相妨碍，抵触。
④ 骈枝：比喻多余而无用的东西。纷然：杂乱的样子。
⑤ 根荄（gāi）：植物的根。生意：富有生命力的气象。
⑥ 营巢：筑巢。哺子乌：喂养幼子的乌鸟。卒瘏（tú）：劳累而致病。卒，通“瘁”；瘏，疲病，困乏。勤劬（qú）：辛勤劳累。

买屋甚惬，意不果得

觅得城隅屋数椽，全招远岫到窗边[1]。
楼环嘉树常生静，园有寒蔬可摘鲜[2]。
无奈探囊太羞涩，遂教酬绢费周旋[3]。
长安第宅知多少，瞬息沧桑一慨然[4]。

① 城隅：城墙角。椽（chuán）：放在檩上架着屋面板和瓦的木条，代指房屋间数。远岫：远处的峰峦。

② 嘉树：佳树，美树。

③ 羞涩：穷困贫乏。酬：用财物报答。周旋：引申为交往，交际应酬。

④ 第宅：旧指上层人物的住宅。瞬息：形容极短促的时间。沧桑：比喻世事巨变。慨然：形容感慨长叹。

俗事劳人，感而作此

无谓尘缘苦苦侵，无多岁月去骎骎①。

除非甚愿归原好，少即多情老更深。

旧事荣枯形幻梦，新交毁誉岂知音②。

最嫌剥啄声声唤，悔不卜居□□林③。

① 无谓：没有意义。尘缘：一般指人与世俗中某些人事关系的缘分。骎骎（qīnqīn）：比喻时间迅速流逝。

② 荣枯：喻人世的盛衰、穷达。幻梦：虚幻的梦境。

③ 剥啄：象声词，敲门声。卜居：选择居住的地方。

感怀[①]

内患蒙茸外侮侵，眼前处处祸机深[②]。
无聊妄想还乡乐，到底难忘恋阙心[③]。
云出无心真返岫，鸟思倦翮懒争林[④]。
我躬不阅遑言后，伯道清愁莫再寻[⑤]。

除却纲常系此身，眼前事事总非真[⑥]。
也知自觅家庭乐，借问谁为骨肉亲[⑦]。
精力消磨循例事，交游痛痒不关人[⑧]。
筋骸纵得粗康健，此后光阴有几春[⑨]。

---

① 何麟书此诗下有注：此三诗当是庚寅（1890）辛卯（1891）闲居京师时所作，时先生年五十余矣。三诗当指《买屋甚惬，意不果得》《俗事劳人，感而作此》《感怀》。

② 内患：国内的祸害忧患。蒙茸：蓬松杂乱的样子。外侮侵：外族的侵犯和凌辱。祸机：指隐伏待发之祸患。

③ 恋阙：留恋宫阙，旧时用以比喻心不忘君。

④ 岫：山洞。翮（hé）：泛指鸟的翅膀。

⑤ 躬：自身。阅：容。遑：来不及。“我躬”句出自《诗经·谷风》“我躬不阅，遑恤我后”。伯道：晋邓攸的字；邓攸逃难时，为了保住侄子，牺牲了自己的儿子，后来，邓攸再也没有生出儿子。清愁：凄凉的愁闷情绪。

⑥ 纲常：三纲五常的简称。

⑦ 觅：寻找。借问：询问。

⑧ 消磨：逐渐消耗。循例：依照惯例。交游：交际，结交朋友。痛痒：利害关系。

⑨ 筋骸：筋骨。纵得：纵令，即使。粗康健：略微健康。

示旧仆王云

呵斥曾无怨，还依旧主人[1]。
不嫌予屡空，难得汝来亲[2]。
恋旧辞通显，抛家愿苦辛[3]。
愧非萧颖士，负汝爱才身[4]。

---

① 无怨：无怨恨。
② 予：人称代词，我。屡空：贫穷无财。汝：人称代词，你。
③ 恋旧：眷念、思慕旧友或故土。通显：官位高、名声大。抛家：离开家庭。苦辛：辛苦。
④ 萧颖士：唐散文家。

数月来多拂意事，颇觉心动，大错矣，大错矣。亟取黄庭读之，顿觉六根尽净，万虑皆平，但知非即改，且于修身克己不无裨益。口占七绝数章，聊以自遣[①]

扰攘尘凡数十春，可怜处处尚荆榛[②]。
跼天蹐地何时了，犹是黄粱梦里人[③]。

尘缘摆脱也知难，略惹尘缘便胆寒[④]。
一编展诵玄玄集，顿觉胸襟海样宽[⑤]。

---

① 拂意：不如意。心动：谓心不静。亟（jí）：急迫。黄庭：指《黄庭经》，道教的经典著作。六根：佛教用语，谓眼、耳、鼻、舌、身、意。根为能生之意。六根尽净：比喻已没有任何欲念。万虑：思绪万端。修身：陶冶身心，涵养德性。克己：克制和约束自己，严格要求自己。裨益：益处，补益。口占：口中念出而不用笔墨起草的诗文。

② 扰攘：纷乱。尘凡：俗世。荆榛：泛指丛生灌木，比喻艰危、困难。

③ 跼（jú）天蹐（jí）地：跼指弯腰，蹐指前脚接后脚地小步走，形容谨慎小心的样子。语出《诗·小雅·正月》“谓天盖高，不敢不局，谓地盖厚，不敢不蹐。”黄粱梦：比喻虚幻的梦想。唐代沈既济《枕中记》载：卢生在邯郸客店遇道士吕翁，生自叹穷困，翁探囊中枕授之曰：“枕此当令汝荣适如意。”时主人正蒸黄粱，生梦入枕中，尽享富贵荣华。及醒，黄粱尚未熟，怪曰：“岂其梦寐耶？”翁笑曰：“人世之事亦犹是矣。”

④ 尘缘：佛教、道教谓与尘世的因缘。惹：招引。胆寒：比喻极为惊惧、害怕。

⑤ 展诵：开卷诵读。玄玄：《老子》“玄之又玄”之省，指道家所称的道。

我笑世人惑路岐，世人笑我路多迷[①]。
谁知彼此都成错，五十休将百步嗤[②]。

人言谓我脑筋枯，遇事善忘信不诬[③]。
我听斯言无可辨，人生难得是糊涂[④]。

应事何尝想认真，聊随同类强铺陈[⑤]。
我无真意人尤伪，彼此原来是哄人。

苦苦甜甜已遍经，漫将尘累役吾形[⑥]。
及今摆脱非为晚，尚有工夫养性灵[⑦]。

百年已度七十三，除却餐眠何所贪。
只要胸中渣滓净，离尘奚待结茅庵[⑧]。

---

① 路岐：人生道路多岔道，形容前途茫茫，无路可走。

② 五十休将百步嗤：出自《孟子·梁惠王上》，“孟子对曰：‘王好战，请以战喻。填然鼓之，兵刃既接，弃甲曳兵而走，或百步而后止，或五十步而后止。以五十步笑百步，则何如？’曰：‘不可，直不百步耳，是亦走也’”。比喻自己跟别人有同样的缺点或错误，只是程度上不同，就不用互相讥笑了。

③ 信：确实。不诬：不妄，不假。

④ 斯：这。

⑤ 应事：处理世务，应付人事。铺陈：详细地叙述，此处意谓敷衍了事。

⑥ 漫：没有限制。尘累：世俗事务的牵累。役吾形：形骸所拘束、役使，犹言被功名利禄所牵制、支配。

⑦ 性灵：指人的精神、性格等。

⑧ 渣滓：剩余而无用的事物。净：洗净，清除。离尘：离开尘世。奚：哪里，何必。此句意谓只要心清静，何必要结茅庐才算隐居呢？

壬、癸年间种竹都活，今夏自鄂归里，率多枯槁，感而赋此[①]

去时千个绿成窠，今日清阴减却多[②]。
笑口索他开未得，何堪雨助泪滂沱[③]。

落了高标本性生，也无依傍也无荣[④]。
主人一去园丁懒，谁把霜筠为养成[⑤]。

报我平安两度春，琼枝玉叶好丰神[⑥]。
如君劲节还憔悴，况是衰年久病人[⑦]。

此君一日不能无，隙地阶前尚有余[⑧]。
且待新雷催好雨，呼童移种补墙隅[⑨]。

---

① 枯槁：干枯，枯萎。
② 窠：鸟兽昆虫的窝。清阴：清凉的树阴。减却：消减。
③ 何堪：怎能忍受。泪滂沱（pāngtuó）：泪多的样子。
④ 高标：高枝，高树。本性：与生俱来的天性。依傍：依赖，依靠。荣：草木茂盛。
⑤ 霜筠：竹。
⑥ 琼枝：嘉树美卉。玉叶：对花木叶子之美称。丰神：草木茂盛。
⑦ 劲节：竹木枝干分杈处称节，以其质地坚实，故称劲节。憔悴：枯萎，凋零。
⑧ 隙地：空着的地方。
⑨ 新雷：最初的春雷。墙隅：墙角。

感时二首

又被人言蛊惑深，徒贻笑柄悔难禁[①]。
艰危世界空蒿目，顽固官僚病丧心[②]。
欲从大陆寻安土，但祝皇天遍雨金。
长安闻道如棋局，杜老陈编不敢吟[③]。

长征甫得卸征车，胡不容人喘息舒[④]。
无事光阴仍局促，有情风月任抛疏[⑤]。
诗出未必防新政，游钓经难恋旧居。
我欲逾垣师往哲，春秋责备愧何如[⑥]。

---

① 蛊惑：迷惑。徒贻：白白地留下。

② 艰危：艰难险阻。蒿目：极目远望。顽固官僚：愚妄固陋、不知变通的官吏。丧心：丧失理智。

③“长安”句：杜甫《秋兴》其四：“闻道长安似弈棋，百年世事不胜悲。王侯第宅皆新主，文武衣冠异昔时。”谓时事变化很快，政局动荡。杜老：指唐代诗人杜甫。陈编：指古籍、古书。

④ 长征：长途远行。甫：刚刚。征车：远行人乘的车。

⑤ 局促：不安适的样子。风月：清风明月，指眼前的闲适景色。抛疏：疏远。

⑥ 逾垣：《孟子·滕文公》：“古者不为臣不见。段干木逾垣而避之，泄柳闭门而不纳，是皆已甚，迫，斯可以见矣。”详见《请托者多，作此以谢之》一首注释③。往哲：先哲，前贤。春秋责备：指《春秋》书对贤者常常责备，严格要求。

湛轩晚香玉数枝随置枕上，宵分香气尤烈，拈此用却睡魔

信手拈花置枕旁，困人天气梦魂香[1]。
醒来恐被风吹散，呼婢休将碧幔张[2]。

心清妙有香触鼻，何况明明花气袭。
我欲问花参一解，秋香满院寻无迹[3]。

① 信手：随手。
② 幔（màn）：为遮挡而悬挂起来的布、绸、丝绒等。
③ 参一解：琢磨，领悟。秋香：秋日开放的花的香气。

书怀

出为霖雨要担当，入卧烟霞要善藏[①]。
笑我尚无真见地，旁人安有好收场[②]。
瓮中酒熟姑谋醉，囊底钱空莫自伤。
欲访明师传秘法，天风缈缈海苍苍[③]。

只扉虽设总常关，那得八公相往还[④]。
才拙休争千载誉，家居幸得一身闲[⑤]。
酬酣酒向胸襟洒，吟苦诗从角枕删[⑥]。
静坐旁斋先学静，不知门外有尘寰[⑦]。

圣贤仙佛本同伦，大道还须近取身[⑧]。
何必避人兼避世，但能高隐即高真[⑨]。

---

① 霖雨：大雨，亦指甘雨。比喻恩泽。
② 见地：见解、见识。
③ 明师：贤明的老师。天风缈缈：风遥远而看不清晰。苍苍：无边无际、空阔辽远。
④ 扉：门扇。八公：汉淮南王刘安门客，有苏非、李尚、左吴、田由、雷被、毛被、伍被、晋昌八人，称“八公”。
⑤ 拙：谦辞，称自己的文章、意见等。千载：千年。
⑥ 吟苦诗：反复吟咏，苦心推敲。角枕：角制的或用角装饰的枕头。
⑦ 尘寰：人世间。
⑧ 圣贤：圣人与贤人的合称，亦指品德高尚，有超凡才智的人。仙佛：道教与佛教。同伦：同一道德标准。近取身：意谓从自身做起。
⑨ 高隐：隐居，南朝梁阮孝绪著有《高隐传》。高真：得道成仙的人。

全神养气长生药，虚利浮名浩劫尘[①]。
客至衣冠休责我，疏狂习惯懒迎宾[②]。

世事纷如百不谙，戒贪只有道心贪[③]。
浮生早悟炊粱幻，老境休言食蔗甘[④]。
群鸟争枝头懒看，孤云返岫亦怀渐[⑤]。
悠然颇得渊明趣，却异清流只善谈[⑥]。

道若登天不易成，纷纷俗务苦相萦[⑦]。
得逢邋遢行千里，胜以逍遥过一生[⑧]。
以力伏魔休妄动，即心观妙去昏盲[⑨]。
后天习气消除尽，自有明师指点明[⑩]。

---

① 养气：道家的一种修炼方法，指培养先天的元气。浩劫：大灾难。
② 衣冠：泛指衣着，穿戴。疏狂：豪放，不受拘束。
③ 世事：尘俗之事。谙（ān）：熟悉。道心：天人合一的真理，此句意谓自己戒贪，一切都不在乎，只在乎对天机的体悟。
④ 浮生：人生。炊粱幻：源见“黄粱梦”，喻虚幻的人生富贵。老境：老年时的境况。
⑤ 岫（xiù）：山洞。
⑥ 悠然：悠闲的样子。渊明：晋陶渊明。清流：指负有时望的清高的士大夫。
⑦ 纷纷俗务：多而杂乱的世俗的事务。萦：缠绕。
⑧ 邋遢：张三丰，字玄玄，号三丰，又呼邋遢仙。逍遥：悠闲自在，无拘无束。
⑨ 魔：难以排除的缠磨人的事物。妄动：随便地行动，轻率地行动。即心观妙：出自《老子》第一章：“故常无欲以观其妙，常有欲以观其徼。”指认识“道”的微妙。昏盲：眼昏如瞎，看不见东西。
⑩ 习气：长期养成的不良习惯。

病后饮食顿加

无端病后成饕餮，观我朵颐亦自佳[①]。
庸胜曹交徒食粟，迂如周择厌供斋[②]。
漫言温饱非初志，毕竟清虚是本怀[③]。
避谷无方仍大嚼，几时冲举脱形骸[④]。

---

① 无端：没来由。饕餮（tāotiè）：饕为贪财，餮为贪食，饕餮比喻贪吃的人。朵颐（duǒyí）：指鼓动腮颊嚼东西的样子，形容食物鲜美，吃得很满意。

② 庸：平庸、平常。曹交：战国时期人，曹君之弟。《孟子·告子下》："曹交问曰：'人皆可以为尧舜，有诸？'孟子曰：'然。''交闻文王十尺，汤九尺，今交九尺四寸以长，食粟而已，如何则可？'"曹交的意谓是说，自己的身高在文王与汤之间，但自己只知道吃饭，完全不能和圣人相比。迂：言行或见解陈旧不合时宜。周泽，后汉时任太常，严格遵守斋戒规定。

③ 漫言：莫言，别说。初志：原来的志愿，初心。清虚：清静无忧的生活。本怀：自己的本来意愿。

④ 避谷：即辟谷，古称行导引之术，不食五谷，可以长生。无方：不得法。冲举：旧谓飞升成仙。形骸：人的躯体。

寄赠张香涛同年

鄂州小住得依因，大慰飘萍泛梗身[1]。

贵贱交情今乃见，文章结契自然真[2]。

归来陶径犹垂念，羞涩阮囊不虑贫[3]。

独愧不如安邑客，忍将口腹累斯人[4]。

---

① 依因：顺应，利用。大慰：满足、慰藉。飘萍：飘流的浮萍，多比喻飘泊无定的身世或行踪。泛梗：指漂浮的草木梗，泛指漂泊。

② 贵贱交情：《史记·汲郑列传》载，翟公起初为廷尉时，宾客满门，及罢官后，门外可设雀罗。后因用为咏叹人情冷暖的典故，在这里叹息朋友友情之可贵。结契：交谊深厚。

③ 晋陶潜《归去来兮辞》有“三径就荒，松菊犹存”句，后以“陶径”借指隐者之居。垂念：指上对下挂念，也用做敬辞，指别人对自己挂念。羞涩阮囊：晋阮孚持一皂囊游会稽，有人问他口袋里装的什么，他回答道：“但有一钱看囊，恐其羞涩。”后即以阮囊羞涩为手头拮据，身无钱财之典。虑：担忧。

④ 口腹累斯人：口腹指饮食，指因为饮食而牵累友人。

臬署观荷

使君民瘼最关怀，听讼余闲兴复佳[1]。
梦草堂中陪一醉，不知此地是官斋[2]。

花犹未尽叶犹肥，贴水亭亭绕四围。
小饮多时看不足，临行乞取数枝归。

① 使君：对官吏、长官的尊称。民瘼：民众的疾苦。听讼：审理诉讼案件。
② 梦草堂：原为贵州提学谢东山的梦草池，后为明末清初贵阳诗人吴中蕃之子所得，成为文化名园。再后来成为贵州按察司署。官斋：犹官舍。

晚岁还里，人称曰绅，虽如驽骀，暂受鞭笞，实觉家居备极荣幸，世有求而未得，我则喜而作此[①]

云懒才归岫，泉清枉在山[②]。

略尝乡宦味，徒抗俗尘颜[③]。

实事惟求是，无官我不闲。

幸承天独厚，赋性最冥顽[④]。

---

① 驽骀（nútái）：指劣马，喻才能低劣者，在这里是谦词。家居：旧时多指没有职。

② 枉：徒然。

③ 乡宦：此处指乡里德高望重而又无官职的人。抗颜：正色，态度严正。徒抗俗尘颜：意谓面对世俗，没必要态度严正。

④ 赋性：天性，品性。冥顽：谦词，愚钝。

湛轩遗晚香玉一盆，适昼眠初觉，正诵道经。不觉悠然有悟，陶然自足，援笔记之[1]

正恋北窗卧，忽闻香百和[2]。

遗我玉一茎，洁净不容唾[3]。

幽花如美人，风来娇欲堕[4]。

恐污好颜色，缟衣独自坐[5]。

静对神亦闲，开函补清课[6]。

---

① 晚香玉：多年生草本植物，也称夜来香、月下香。昼眠：白昼睡眠，午睡。陶然自足：自己感到快意，满足。

② 香百和：由各种香料和成的香。

③ 一茎：原意为植物的一条茎，后表数量。唾：表示鄙视。

④ 娇：柔弱。堕：掉下来。

⑤ 缟衣：白绢衣裳。

⑥ 函：书函。清课：原指佛教日修之课，后用以指清雅的功课。

和林赞虞中丞并以送别[1]

我亦苍生爱戴深，何期棨戟竟遥临[2]。

边隅向化如风草，学校勃兴胜泮林[3]。

事必求详方发纵，才优治剧极韬沉[4]。

福星正朗忽西指，无计攀留拂众心[5]。

---

① 此诗有自注：乡人约具呈请留，答以格于例，事遂中止。

② 苍生：比喻百姓。爱戴：敬爱、拥戴。何期：表示没有想到。棨戟遥临：意思是指达官贵人远道而来，后常用以称贵宾或好友远道光临。

③ 边隅：边境。向化：归服。风草：谓像风吹草低一样顺服。勃兴：蓬勃兴起。泮林：泮水边的林木，泮水为古代学宫前的水池，形状如半月。这句是表扬林赞虞重视文化教育，谓在林赞虞的领导下，边地百姓服从朝廷的教诲，学校也办得很好。

④ 发纵：指挥调度。治剧：谓处理繁重难办的事务。韬沉：计谋深。

⑤ 福星：比喻能给大家带来幸福希望的人。朗：明亮。攀留：挽留。拂：违背，不顺。众心：民心。

伏天即事[1]

萧斋幽寐胜茅庵，兀坐心澄月映潭[2]。

触景敲诗机趣活，有时贪睡梦魂酣[3]。

风将暑退无蝇集，日似年长称尘谈[4]。

天与清福休辜负，闲中领略静中参[5]。

---

① 伏天：三伏天，时间为夏至后第三个庚日后的三四十天，是一年中最热的时候。

② 萧斋：梁武帝造寺，命萧子云于寺壁写一个“萧”字，寺毁后，刻字的残壁仍存，至唐李约将壁运归洛阳匾于小亭，以供赏玩，称为“萧斋”。后以此作为对自己屋舍的谦称，犹指寒舍。茅庵：茅庐，草舍。兀坐：独自端坐。心澄：使心情清静。映：映照。

③ 触景：见到眼前情景，为眼前景色所触动。敲诗：推敲诗句。机趣：天趣，风趣。梦魂：古人以为人的灵魂在睡梦中会离开肉体，故称“梦魂”。酣：泛指尽兴。

④ 尘谈：谓世俗的谈话。

⑤ 清福：清闲安逸的福气。参：领悟。

菊花盛开，十六弟以牛脯来约，何琴如昆仲同醉，次日作此赠之①

偶思小饮特招筵，已是黄昏欲暮天②。
自古夜游须秉烛，吾家先哲有青莲③。

登高何必苦追攀，万朵攒成四壁山。
富贵排场穷措大，甘心沈醉在花间④。

屠门大嚼意忻然，都道持螯数不鲜⑤。
我替黄花真负屈，可能涤去世腥膻⑥。

幸得苏程旧戚来，高谈快语杂嘲诙⑦。
峥嵘喜有凌寒竹，信是西州继起才⑧。

---

① 昆仲：称人兄弟，长曰昆，次曰仲。
② 暮天：傍晚的天气。
③ 夜游须秉烛：即秉烛夜游，须持烛夜里游乐，比喻及时行乐。先哲：先世的贤人。青莲：青莲居士，唐代诗人李白的别号。
④ 穷措大：比喻贫穷的读书人。沉醉：比喻沉浸在某事物或某境界中。
⑤ 屠门大嚼：比喻欣羡而不能得，聊为已得之状以自慰。语出汉桓谭《新论》“人闻长安乐，则出门西向而笑，肉味美，对屠门而嚼”。忻然：高兴、欢喜。持螯：南朝宋刘义庆《世说新语·任诞》载晋代嗜酒的毕卓曾说，一手拿着蟹螯，一手捧着酒杯，便足以了一生，因以“持螯把酒”形容秋季吃蟹饮酒之乐。鲜：少。
⑥ 黄花：菊花。负屈：蒙受冤屈。腥膻：难闻的腥味，亦比喻人间丑恶污浊的现象。
⑦ 高谈快语：多指不着边际地大发议论。嘲诙：戏谑之言。
⑧ 峥嵘：不平凡，不寻常。西州：古代泛指神州大地中原之西的区域。

七十有三初度自寿[①]

多谢宗亲进一觞，殷勤祝我寿而康[②]。
宁知白发增新恨，惭对黄花有晚香[③]。
痴钝儿心真漆暗，艰虞国步要金偿[④]。
幸喜故人留苦语，长庚星朗小重阳[⑤]。

正喜餐眠胜旧年，病魔才退恶魔缠[⑥]。
那来善果邀天眷，但就残龄证孽缘[⑦]。
身后声名云易散，眼前缺陷海难填。
香山雅会无人续，休为桑蓬作盛筵[⑧]。

---

① 初度：原指初生的时候，后指过生日。
② 宗亲：同宗的亲属。觞（shāng）：酒杯。殷勤：指热情周到。
③ 宁知：岂知，怎么会知道。新恨：新产生的怅惘之情。黄花：菊花。
④ 痴钝：愚笨迟钝。漆暗：形容非常黑暗，没有一点光明。艰虞：困难忧患。国步：国家的命运。
⑤ 幸喜：幸好，幸亏。苦语：忠诚逆耳的话。长庚：指傍晚出现在西方天空的金星。小重阳：夏历九月十日，即重阳后一日。诗人原自注：六十初度，张香涛同年赠联有此语。
⑥ 恶魔：佛教指阻碍佛法及一些善事的恶鬼、恶神。
⑦ 善果：依善业所生之善妙结果。天眷；上天的眷顾。残：剩余，残余。
⑧ 香山雅会：会昌五年三月白居易等七位耆老于洛阳宅中的宴会。参加宴会的人年龄皆在七十以上，白居易年龄最小，亦已七十四岁。雅会：风雅的聚会。桑蓬：桑木作弓，蓬梗为箭，古代诸侯生子后所举行的一种仪式。盛筵：盛大的宴席。

去谗

惟口兴戎祸患萌，听言须要察其情[①]。

不疑盗嫂兄安在，曾子杀人母亦惊[②]。

蛇影杯弓滋惑惧，蜃楼海市宛生成[③]。

问明圣训昭千古，谮诉由来总不行[④]。

---

① 惟口兴戎：惟，语助词；戎，战争；此指说话不慎而惹起争端。祸患萌：祸事开始发生。听言：指听取谏劝之言。

② 不疑盗嫂：指无中生有的毁谤。曾子杀人：比喻流言可畏。语出《战国策·秦策二》“费人有与曾子同名族者而杀人。人告曾子母曰：‘曾参杀人。’曾子之母曰：‘吾子不杀人。’织自若。有顷焉，人又曰：‘曾参杀人。’其母尚织自若也。顷之，一人又告之曰：‘曾参杀人。’其母惧，投杼逾墙而走。夫以曾参之贤与母之信也，而三人疑之，则慈母不能信也。”后以之比喻流言可畏或诬枉之祸。

③ 蛇影杯弓：比喻因疑神疑鬼而引起恐惧。滋：增添。惑惧：恐惧惶惑。蜃楼海市：即海市蜃楼。多借指虚幻夸诞的事物。宛生成：仿佛自然长成。

④ 圣训：旧指圣人的训诫告谕。昭：显扬。谮诉：谗毁攻讦。由来：从来。

即事

天生万物有天机，草草劳人领略稀①。

正午风凝群雀起，初更月上数鱼依②。

要从静里无心过，便觉闲中逸兴飞③。

即景遣情真自在，恍然今是昨都非④。

---

① 天机：天赋的灵机，天性。草草：劳神的样子。劳人：劳碌的人。草草劳人：意谓劳碌之人辛劳不已，无法领略万物的天机。

② 初更：旧时每夜分为五个更次，晚七时至九时为初更。

③ 逸兴：超逸豪放的意兴。

④ 即景：眼前的景物。遣情：排遣情思。恍然：仿佛。今是昨都非：肯定今天而否定昨天，有反省深悔之意。

闻人言自解

习静何关养性灵，甚衰未肯过劳形[1]。

人言自大诚虚语，我病非真亦误听[2]。

无事悠悠闲白日，有时默默诵黄庭[3]。

合群最好居乡法，何必矜矜判渭泾[4]

---

① 习静：指习养静寂的心性，也指过幽静生活。性灵：指人的精神、性格等。劳形：使身体劳累、疲倦。

② 诚：实在，的确。虚语：假话，空话。

③ 黄庭：指《黄庭经》，道教的经典著作。

④ 何必：反问的语气，表示不必。矜矜：小心谨慎。泾渭：比喻清浊、高下之分。

秋菊杂咏

吾爱吾庐只立锥，种花无地可编篱[1]。
秋来也对秋芳饮，全赖亲朋好赠持[2]。

铜瓶随插两三枝，人与菊花那暂离。
怪我尘缘犹未尽，形神相对不相宜[3]。

菊花天气最难晴，傍晚回廊往复行。
细数枝头开几朵，蒙蒙月上不分明[4]。

一夜潇潇雨未停，深怜盆蕾减芳馨[5]。
生来傲骨原无恙，不似春花落满庭[6]。

---

① 立锥：插立锥尖，形容地方极小。
② 秋芳：秋日开放的花朵，此处指菊花。
③ 形神：形骸与精神。相宜：合适，适宜。
④ 蒙蒙：昏暗不明。
⑤ 潇潇：风雨急骤的样子。蕾：含苞待放的花朵。芳馨：芳馨馥郁。
⑥ 无恙：平安，没有灾祸。

雨前

阴雨前宵又昨朝，傲霜风节亦漂摇[1]。
扶持尚赖竹君子，聊藉一枝免折腰[2]。

冒雨寒英次第开，赏秋无处觅香醅[3]。
偷闲姑向篱边望，恰好逢人送酒来[4]。

层英被雨似开残，移置前阑与后阑[5]。
自引壶觞窗下酌，醉横两眼两边看[6]。

一生爱菊爱清高，未必菊花果姓陶[7]。
我爱陶诗兼爱酒，醉余对菊便挥毫[8]。

---

① 前宵：前一天晚上。昨朝：昨天，昨晨。傲霜：不为寒霜所屈的风骨节操。漂摇：随波浮动。
② 扶持：帮助，支撑。赖：倚靠。
③ 寒英：寒天的花，指菊花。次第：依一定顺序，一个挨一个。香醅（pēi）：美酒。
④ 偷闲：挤出空闲时间。姑向：姑且向。
⑤ 层英：重叠的花。阑：栅栏。
⑥ 壶觞：酒器。横：充满、遮盖。
⑦ 清高：纯洁高尚，不慕名利，不同流合污。陶：晋诗人陶渊明。
⑧ 陶诗：陶渊明的诗。挥毫：指用毛笔写诗。

读陶渊明集

布帛文章清且真，先生宁是一诗人[①]。
庶乎屡空自耕读，邈焉寡俦无喜瞋[②]。
暂现宰官终处士，深防异代作遗民[③]。
山林素裕经纶志，惜不逢时但隐沦[④]。

---

① 布帛文章：写在缣帛上的文字。清：清楚。宁是：难道仅仅是。
② 庶乎：几乎。屡空：贫穷无财。自耕读：利用农耕之余，致力学问的生活方式，比喻勤苦恬淡。邈：距离遥远。寡：缺少。俦：同伴。瞋：发怒。
③ 暂：暂时。宰官：官吏。处士：有才德而隐居不仕的人。异代：后代或不同的时代。
④ 素：一向、平素。裕：富饶。经纶：比喻治理国家。隐沦：隐居。

感时

学派何分旧与新，纷纷聚讼究何因[1]。

绝无思想皆顽党，略得皮毛作解人[2]。

可惜尊荣安富辈，甘为奴隶马牛身。

若问后来真结果，波兰印度是前尘[3]。

① 聚讼：众说纷纭。究：究竟。

② 顽：愚蠢，无知。党：意见相合的人。解人：通达事理，见解高明的人。

③ 前尘：前行的榜样，谓自己在后，步对方的尘土而行。

书怀

余痛犹悲孟母机，白云回首思依依①。

卅年宦海成残局，一卷闲书送夕晖②。

德裕筹边原乏术，渊明迷路已知非③。

只愁片土无干净，纵得还家不算归④。

---

① 孟母机：孟母断机指孟子的母亲断所织之布，以激励孟子勤奋学习的故事。白云回首：回忆过往，感慨时光不再。依依：恋恋不舍的样子。

② 卅（sà）年：三十年。宦海：仕途，官场。残局：失败或变乱后破败的局面。闲书：供消遣的书。夕晖：夕阳的余光。

③ 德裕：李德裕，唐朝文宗时任剑南西川节度使，为加强战备，建筹边楼，筹划边境的事务。乏术：缺少方法。迷路：迷失方向。知非：知道过去的错误。语出陶渊明《归去来兮辞》“归去来兮，田园将芜胡不归！既自以心为形役，奚惆怅而独悲？悟已往之不谏，知来者之可追。寔迷途其未远，觉今是而昨非”。

④ 纵：即使。

答陈哲甫观察

不是贾生少壮年，谪居那得古今怜[①]。
独君不惜广长舌，谓我宜得艰巨肩[②]。
默揣孱躯殊惫甚，纵邀宽诏亦徒然[③]。
置身蓬颗无余望，□□□□自在天[④]。

① 贾生：贾谊，西汉著名的政论家，力主改革弊政，提出许多重要政治主张，但却遭谗被贬，一生抑郁不得志。少壮：年轻力强的时候。谪居：贬谪后住在某地。怜：同情。

② 不惜：不顾惜。广长舌：佛的三十二相之一，指佛陀的舌叶广长，覆盖到发际，后用以喻能言善辩。艰巨：困难而繁重。

③ 默揣：暗自揣摩。孱躯：衰弱的身躯。殊：非常，形容程度深。纵邀：即使得到。宽诏：指放宽禁律或实行宽赦的诏书。徒然：枉然、白费。

④ 蓬颗：长有蓬草的土块，亦借指坟头。这句意谓自己犹如处在蓬草之中，只是在等死而已。

自问

闭门索句心徒苦，伏案观书眼损明[1]。

自问余生何所事，只堪习静与闲行[2]。

看花足乐易飘零，饮酒消愁易沉醉。

自问余生何所宜，惟有加餐与酣睡。

① 索句：搜索诗句，指构思。损：减少，削减。
② 习静：使心境沉静清澄。

赠何季纲表弟[1]

书田难得兆丰年，通变聊将子母权[2]。
霸主事功惟足食，圣门货殖亦称贤[3]。
治生岂曰非儒者，择术何妨法计然[4]。
欲救国贫先自救，萌芽商学要精研。

---

① 此诗何麟书有注：乙巳岁（1905），予弟兄议经营商业，先生力赞其成，作此诗以赠。

② 书田：以耕田比喻读书，故称书为“书田”。兆丰年：丰年的瑞兆。通变：犹变通，不拘常规，适时变动。子母权：本利，本金叫母，利息叫子。

③ 功：功绩、功劳。足食：食粮丰足。圣门：谓孔子的门下，亦泛指传孔子之道者。货殖：聚积财物，指经商营利。称贤：举用贤能之人。

④ 治生：经营家业，谋生计。儒者：泛指一般读书人。法计然：泛指生财致富之道。

刘嘉予太守尝来谈及某公晚年诗，有“老来诸事要安排”之句，其结语也，予喜其入情入理，恰有老人心事口吻。因以结句为起句，及其意作七绝六章。偶遇万不得已之时，又值无可奈何之天，藉以提撕猛省，亦养性却病之一助也[①]

老来诸事要安排，惟有功名不系怀[②]。
司马岂非贤宰相，被人诬作党人魁[③]。

老来诸事要安排，只有金钱不系怀，
可惜石崇王恺辈，都因豪富召奇灾[④]

老来诸事要安排，只有妻孥不系怀[⑤]。
雍纠因何谋及妇，恃他伉俪本无猜[⑥]。

---

① 提撕：提醒。猛省：深刻反省。养性：陶冶心性。却病：消除病痛。
② 功名：功业、名声。系怀：心中挂念。
③ 司马：指司马光。岂非：难道不是。诬作：无中生有，捏造事实害人。党人魁：朋党之首。
④ 石崇王恺：指石崇和王恺，石崇以劫掠客商致财无数，曾与贵戚晋武帝的舅父王恺以奢靡相比，八王之乱时，为赵王伦所杀。
⑤ 妻孥（nú）：妻子与儿女。
⑥ 雍纠：春秋时人，受任于郑厉公谋杀岳父祭足，不幸计划败露被自己的妻子告密，反被祭足杀死。谋：计谋。恃：凭借。伉俪（kànglì）：夫妻。伉俪无猜：不猜忌配偶。

老来诸事要安排，只有儿孙不系怀。
游夏圣门高弟子，色难不敬况庸才[1]。

老来诸事要安排，只有我身不系怀。
失却本来真面目，更从何处觅形骸[2]。

我原无事要安排，知有甚么可系怀。
除却餐眠抛不得，得兼二者乐无涯[3]。

① 游夏：子游（言偃）、子夏（卜商）的并称。两人都是孔子学生，《论语·先进》说：“文学子游、子夏。”后遂称为“游夏”。高弟子：学业优异的学生。色难：面色难看。不敬：怠慢，无礼。庸才：才智平庸或能力低下的人。
② 失却：失去。真面目：本来的面貌、形态。形骸：身体。
③ 乐无涯：快乐无尽、无限。

答袁杏村方伯步书车鱼原韵八首

卅年善政不胜书，淡泊将回北路车[1]。

自是朝廷资倚畀，秋风未许恋鲈鱼[2]。

救时厌睹近时书，闭户造成合辙车[3]。

默召编氓咸感化，欣欣乐意验禽鱼[4]。

豪华坐拥百城书，问字无劳数对车[5]。

清恐人知知转众，公庭何待表悬鱼[6]。

余闲得句不停书，僚友纷来问字车[7]。

管领骚坛成小队，一堂雅雅复鱼鱼[8]。

---

① 善政：良好的政绩。不胜书：书写不完。淡泊：家道清贫。

② 倚畀（bì）：倚靠信任。恋鲈鱼：指思乡。南朝宋刘义庆《世说新语》载，晋张翰在洛阳做官，见秋风起而思家乡吴中的鲈鱼与莼菜，于是辞官。

③ 救时：匡救时弊。近时书：最近一段时期的书籍。闭户造成合辙车：指闭门造车，出门合辙，比喻互相投合。这句意指近时的书籍多是空想。

④ 编氓：编入户籍的平民。咸：全，都。感化：用言行去劝导人，使之感动而转化。欣欣：高兴自得的样子。乐意：甘心愿意。

⑤ 坐拥百城书：比喻藏书极其丰富或嗜书之深。问字：汉朝时，刘棻尝从扬雄学奇字，见《汉书·卷八十七·扬雄传下》，后以问字比喻向人请教学问。无劳：不要劳累，不用劳烦。

⑥ 清恐人知：清廉不愿意让别人知道。公庭：古代国君宗庙的厅堂或朝堂。何待：用反问的语气表示不须，用不着。悬鱼：指为官清廉，语出《后汉书·羊续传》"府丞尝献其生鱼，续受而悬于庭；丞后又进之，续乃出前所悬者以杜其意"。

⑦ 僚友：旧时指在同一个官署任职的官吏。

⑧ 骚坛：诗坛，文坛。雅雅：文静，文雅。鱼鱼：威仪整肃。

嗜古深藏万轴书，连云充栋汗牛车①。

白头倾盖非为晚，愿向公家作壁鱼②。

一语为公慎重书，祝公为国缓悬车③。

自来大器终成晚，八十磻溪尚钓鱼④。

北阙当年误上书，冰天雪地走飞车⑤。

幸承圣世恩波渥，杯水苏回涸辙鱼⑥。

衰朽荒芜久废书，空空腹笥诮虚车⑦。

雷门布鼓真堪笑，深恐明珠目混鱼⑧。

---

① 嗜古：好古。连云：一望无际的样子。充栋汗牛车：形容藏书很多。

② 白头：比喻年老。倾盖：途中相遇，停车交谈，双方车盖往一起倾斜，形容一见如故。壁鱼：蠹虫，藏于衣服、书籍之中。

③ 悬车：指隐居不仕。

④ 大器终成晚：本指大的器具非一朝一夕可完成。语出《老子·第四十一章》“大方无隅，大器晚成。”后引申指一个人要有较大的成就，往往会需要时间的积淀。磻溪：在今陕西省宝鸡市东南，传说为周吕尚未遇文王时垂钓处。

⑤ 北阙：古代宫殿北面的门楼，是臣子等候朝见或上书奏事之处。上书：用文字向君主或上官陈述意见或反映情况。飞车：开得飞快的车。

⑥ 恩波：恩泽。渥：优厚。杯水：比喻微薄。苏回：让快死的人苏醒。涸辙鱼：比喻在困境中急待援助的人。

⑦ 衰朽：年迈无用。荒芜：荒凉。废书：谓中止阅读。腹笥（sì）：笥指书箱，腹笥指腹中的学问。诮：讥讽。虚车：未装载的车。

⑧ 雷门布鼓：布鼓指布蒙的鼓，雷门是古代浙江会稽的城门名，在雷门前击布鼓，比喻在能手面前卖弄本领。明珠目混鱼：指用鱼眼假冒珍珠，比喻以假乱真，以次充好。

有感用书车鱼韵

寂寞久绝故人书，想见盈门流水车①。
欲诉寒暄通一语，南来无雁北无鱼②。

休说乐群共砚书，漫夸无憾共裘车③。
早知臭味差池甚，深悔当年近肆鱼④。

祸缘德薄位尚书，艰苦曾驱雪海车⑤。
荐引昔年空抗疏，进贤深愧直哉鱼⑥。

---

① 盈：充满。

② 寒暄：见面时谈论天气冷暖之类的应酬话，此处意谓问候。无雁无鱼：谓没有传书的人，《汉书·苏武传》载有大雁传书之事，故用以指信使或书信；《乐府诗集·相和歌辞十三·饮马长城窟行》："呼儿烹鲤鱼，中有尺素书。"

③ 乐群：以友朋群居为乐。砚书：出自《艺文类聚》五十八，是现存较早、较完整的大型类书，由唐高祖李渊下令编修。裘：穿上皮衣。

④ 差池：差错。悔：悔恨。肆：店铺。肆鱼：指腐臭污秽的环境，也指恶人或小人聚集的地方。

⑤ 德薄：德行浅薄。尚书：中国古代官名，李端棻曾任礼部尚书。艰苦：困难辛苦。雪海：唐代西北边境地名。

⑥ 荐引：推举、引荐。抗疏：谓向皇帝上书直言。进贤：荐举贤能的人。直哉鱼：语出《论语·卫灵公》"子曰：'直哉史鱼！邦有道如矢，邦无道如矢。君子哉，蘧伯玉！邦有道则仕，邦无道则可卷而怀之。'"史鱼：卫国大夫，字子鱼。临死前要儿子不为他在正堂治丧，以此劝谏卫灵公任用蘧伯玉、斥退弥子瑕，古人称为"尸谏"。

不临乞米鲁公书，耻下趋迎冯妇车[①]。

淡泊自甘降妄想，可能考老背鲐鱼[②]。

寄情诗酒与琴书，安步优游以当车[③]。

健饭加餐心便足，何须弹铗叹无鱼[④]。

---

① 乞米鲁公书：指唐代著名书法家，鲁郡开国公颜真卿的《乞米帖》。冯妇车：详见《闻谤再自责》一首注释⑥。

② 妄想：不能实现的非分之想。考老背鲐鱼：年老，长寿老人。考：老人。背鲐鱼：谓老人背上生斑如鲐鱼之纹，为高寿之征。

③ 安步：缓步徐行，指生活淡泊，悠然自乐。

④ 弹铗叹无鱼：比喻因处境困苦而有求于人。《战国策·齐策四》："齐人有冯谖者，贫乏不能自存，使人属孟尝君，愿寄食门下。孟尝君曰：'客何好？'曰：'客无好也。'曰：'客何能？'曰：'客无能也。'孟尝君笑而受之曰：'诺。'左右以君贱之也，食以草具。居有顷，倚柱弹其剑，歌曰：'长铗归来乎！食无鱼。'左右以告。孟尝君曰：'食之，比门下之客。'居有顷，复弹其铗，歌曰：'长铗归来乎！出无车！'左右皆笑之，以告。孟尝君曰：'为之驾，比门下之车客。'于是乘其车，揭其剑，过其友曰：'孟尝君客我。'后有顷，复弹其剑铗，歌曰：'长铗归来乎！无以为家。'左右皆恶之，以为贪而不知足。孟尝君问曰：'冯公有亲乎？'对曰：'有老母。'孟尝君使人给其食用，无使乏。于是冯谖不复歌。"

乙巳腊日，偕谢秀山、王仲瑜、刘嘉予、李孟仁、倪俞宣五太守，谢子林直刺，作消寒会，诗以纪之[①]

六俊齐挥五马鞭，白头忝列竹林贤[②]。

春寒偶饮屠苏酒，腊日争开函丈筵[③]。

老去诗肠原腐朽，宦游文燕亦新鲜[④]。

此生此境如常有，衰态还堪一醉颠。

---

① 直刺：谓负责书写记录。消寒会：旧俗入冬后，亲朋相聚，宴饮作乐，谓之“消寒会”，此俗唐代即有，也叫暖冬会。

② 五马：汉代太守乘坐的车用五匹马驾辕，因借指代太守。白头：老年。忝列：是谦词，有愧于排列在其中。竹林贤：魏晋时期七个文人名士，因游于竹林，故称。

③ 屠苏酒：药酒名，农历正月初一日长幼次第而饮，传说可辟瘟疫。腊日：古时岁终祭祀百神的日子，一般指腊八。函丈：旧时在书函中常用作对师或前辈长者的敬称，犹指讲席。

④ 诗肠：诗思，诗情。腐朽：比喻思想陈腐。宦游：外出做官。

王仲瑜太守将莅普安，作此送别仍叠前韵

一麾果尔著先鞭，来暮应歌叔度贤[①]。

我辈偶为真率会，此行翻作别离筵[②]。

展敷新政无求速，怀保小民要惠鲜[③]。

听到循声喧贯耳，老怀不醉亦狂颠[④]。

---

① 麾：古代指挥军队用的旗子。果尔：果真如此。著先鞭：比喻先人一步。来暮：指称颂地方官德政之辞。叔度贤：赞颂为地方百姓谋福利的官员。叔度，廉范字。《后汉书·廉范传》："成都民物丰盛，邑宇逼侧。旧制禁民夜作，以防火灾，而更相隐蔽，烧者日属。范乃毁削先令，但严使储水而已。百姓为便，乃歌之曰：'廉叔度，来何暮？不禁火，民安作。平生无襦今五裤。'"

② 真率会：宋司马光罢政在洛，常与故老游集，相约酒不过五行，食不过五味，号"真率会"。翻作：按照旧曲谱制作新词。别离筵：饯别的宴席。

③ 展敷：传播。怀保：安抚保护。惠鲜：惠赐。

④ 贯耳：入耳，充耳。老怀：老年人的心怀。狂颠：癫狂，形容举止放荡无节制。

答袁杏村方伯

生幸同时愿执鞭，棠阴况接使君贤①。

多情每助含饴乐，适兴欢于落帽筵②。

酒数漫依金谷罚，和章数见玉溪鲜③。

萧闲自分同方外，岂意昌黎识大颠④。

① 执鞭：举鞭为人驾车，表示景仰追随。棠阴：以棠阴誉称去职官吏的政绩。使君：汉时称刺史为使君，后也用以尊称州郡长官。

② 饴：麦芽糖。含饴乐：形容悠闲生活的乐趣。落帽：重九登高的典故，语出《晋书·孟嘉传》“(嘉)为征西桓温参军，温甚重之。九月九日，温燕龙山，寮佐毕集。时佐吏并著戎服，有风至，吹嘉帽堕落，嘉不之觉。温使左右勿言，欲观其举止。嘉良久如厕，温令取还之，命孙盛作文嘲嘉，著嘉坐处。嘉还见，即答之，其文甚美，四坐嗟叹”。

③ 金谷罚：赋诗不能或不成则罚酒三杯，语出晋石崇《金谷诗序》“遂各赋诗，以叙中怀，或不能者，罚酒三斗”。和章：指酬和他人的诗章。玉溪：唐代诗人李商隐的别号。

④ 萧闲：潇洒悠闲，寂静。自分：自以为。方外：世俗之外，旧时指神仙居住的地方。昌黎：唐韩愈世居颍川，宋熙宁七年（1074年）诏封昌黎伯，后世因尊称他为昌黎先生。大颠：唐代一位高僧，俗姓杨，与韩愈交好。

再答袁杏村方伯

吟场驰骋复加鞭，禊事重修继往贤①。
视昔视今如合契，一觞一咏漫开筵②。
风流老辈人惟旧，明媚春光景渐鲜③。
作赋登高公健者，追陪还恐踬而颠④。

---

① 吟：吟诵。禊（xì）事：禊祭之事，指三月上巳临水洗濯、祓除不祥的祭祀活动。重修：重新修订。贤：前贤。
② 视：看待。合契：对合符契。一觞一咏：饮酒赋诗。漫：满，遍。开筵：设宴，摆设酒席。
③ 风流老辈：才华出众，自成一派，不拘泥于礼教的前辈。鲜：有光彩的。
④ 健者：刚健之人。追陪：追随，伴随。踬（zhì）而颠：跌倒，比喻境遇很不顺利。

三答

嬉戏如挥竹马鞭，何期琐琐动高贤①。

敢言自领骚坛队，为慕公开护法筵②。

人似松乔高且寿，诗如梅蕊冷弥鲜③。

主持风雅犹余事，扶我黔黎免困颠④。

---

① 竹马：儿童玩具，当马骑的竹竿儿。何期：岂料，表示出乎意料之外，没有想到。琐琐：形容事情细小，不重要。高贤：对贤明才智者的尊称。

② 骚坛：诗坛。慕：向往，敬仰。法筵：佛教语，指讲经说法者的座席，引申指讲说佛法的集会。

③ 松乔：神话传说中仙人赤松子与王子乔的并称，比喻高寿。梅蕊：梅花蓓蕾。弥：更加。

④ 主持：主导、管理。风雅：本指《诗经》中的国风、大雅、小雅，后泛指诗文之事。黔黎：黔首、黎民的合称，泛指群众、百姓。困颠：困窘。

答消寒会诸君仍叠前韵

春寒尚怯□吟鞭，名作多于四十贤[①]。

杨木杯宽惊满座，棣棠诗好咏当筵[②]。

酒兵鏖战标争夺，庖屋增华柳贯鲜[③]。

自笑搜肠无好句，那能神妙到毫颠[④]。

---

① 吟鞭：诗人的马鞭，多以形容行吟的诗人。
② 棣棠：落叶灌木。咏：用诗词等形式来写景抒情。
③ 酒兵：指酒。鏖战：激烈地战斗，竭力苦战。庖屋：厨房。增华：更加美好。贯鲜：穿鱼成串。
④ 搜肠：形容苦思苦想。神妙：神奇巧妙，非常高妙。毫：毛笔。

自题小像

花一瓶，钟一座；

钟不鸣，花不堕[1]。

有人一个，披裘兀坐[2]。

茶几有时凭，藤床懒去卧。

聊将一卷摊，不求万卷破[3]。

① 堕：掉下来。
② 裘：皮衣。兀坐：独自端坐。
③ 聊：姑且。